모방에서 창조까지 하는
에이전트

모방에서 창조까지 하는 에이전트 2

킹묵 현대 판타지 장편소설

초판 1쇄 찍은 날 § 2022년 10월 1일
초판 1쇄 펴낸 날 § 2022년 10월 8일

지은이 § 킹묵
펴낸이 § 서경석

총괄팀장 § 황창선
편집책임 § 박현성
디자인 § 스튜디오 이너스

펴낸곳 § 도서출판 청어람
등록번호 § 제387-1999-000006호
등록일자 § 1999. 5. 31
어람번호 § 제1-3194호

본사 § 경기도 부천시 부일로 483번길 40 서경B/D 3F (우) 14640
편집부 § 서울특별시 구로구 디지털로 272 한신IT타워 404호 (우) 08389
전화 § 02-6956-0531 팩스 § 02-6956-0532
http://www.chungeoram.com
E-mail § chungeorambook@daum.net

ISBN 979-11-04-92459-0 04810
ISBN 979-11-04-92457-6 (세트)

킹묵 현대 판타지 소설

MODERN FANTASTIC STORY

모방에서 창조까지 하는 에이전트 ②

모방에서 창조까지 하는
에이전트

목차

제1장
—
연기는 당구처럼Ⅱ

　이정훈은 넋이 나간 표정으로 태진을 쳐다봤다. 아무리 옆에서 길을 알려 준다고는 하지만 치는 족족 득점을 하는 게 믿을 수 없었다. 처음에 초보인 태진이 같은 점수를 치겠다고 할 때만 해도 어이가 없었는데 지금은 태진의 실력이 어이가 없었다. 게다가 기뻐하기는커녕 득점을 하는 게 당연하다는 듯 아무렇지도 않은 표정이었다. 게다가 득점이 실패하더라도 아쉬워하는 표정이 아니었다.

　"한 프로, 잘했어! 연속 7점!"

　최석달은 태진을 아예 프로라고 부르며 이정훈을 약 올렸다. 처음에는 약이 올랐는데 지금은 아무런 느낌도 없었다. 어디 비벼 볼 상대여야지 약이 오르지 이미 따라잡을 수 없을 만큼의 점수 차가 난 상태였다. 이정훈은 헛웃음을 뱉으며 큐대를 내려놓았다.

"왜? 포기야?"
"그래, 졌다, 졌어."
"아직 밥도 안 왔는데 벌써? 초밥 시켜서 밥값 거의 10만 원 나올 건데 이대로 포기할 거야?"
"돈 준다고."

게임에 밥값까지 포함되어 있었지만, 워낙 차이가 많이 나다 보니 아쉽지도 않았다. 그때, 수잔이 엄청 해맑은 표정으로 입을 열었다.

"어떻게 그래요. 식사는 저희가 대접해야죠."
"됐어요."
"아니에요. 정말 대접해 드리려고 일부러 초밥 먹자고 한 거예요."
"됐습니다. 저도 돈 있습니다."

수잔마저 자신을 놀리는 듯했다. 마치 세 사람이 한통속처럼 보였다. 특히 두 사람의 칭찬을 받고 있는 태진이 제일 얄미웠다. 자신을 이겨 놓고도 당연하다는 표정이었다. 게다가 지금 한다는 말이 겨우 이거였다.

"길을 알수록 더 재밌네요."

거기에 친척 동생의 보탬까지.

"길은 치면서 점점 쌓여 가는 거예요. 톨이라고 했죠? 진짜 프로 생각해 봐요. 경험만 쌓이면 무조건 프로예요. 톨 같은 사람이 프로를 하는 거예요."
"왜 날 쳐다보면서 얘기하냐?"
"아닌데? 괜히 찔려서 화내는 거 봐. 그렇게 감정 관리 못하면 프로 못 해."
"안 해. 안 한다. 더러워서 안 해."

그때, 마침 주문했던 식사가 도착했다. 이정훈이 카드를 최석달에게 건네주자 최석달이 손을 휘 저었다.

"게임 졌으면 직접 계산해야지."
"아오."

이정훈은 고개를 저으며 배달원에게 카드를 내밀었다. 그때, 배달원이 갑자기 이정훈을 이리저리 살피기 시작했다.

"혹시, 이정훈 씨 맞나요?"
"아, 네, 뭐."

"와, 정말 팬입니다."

"감사합니다."

"진짜 팬이에요. '독고' 때 이정훈 씨 보고 나서 그 전에 출연하신 영화도 다 찾아봤어요. 이정훈 씨 나오면 무조건 보거든요. 특히 '강철의 군주'는 지금도 보고 있습니다. 그래서 그런데 저, 실례가 아니라면 사진 한 번만 찍어 주시면 안 될까요?"

이정훈은 마지못해 고개를 끄덕였다. 그러자 배달원은 쓰고 있던 헬멧까지 벗었다. 상당히 젊었다. 기껏해야 20대 중반처럼 보이는 외모였다. 그런 배달원은 이정훈과의 촬영을 마치고는 연신 고개를 꾸벅거리며 돌아갔다.

"봐, 사람은 자기가 잘하는 게 있는 거야. 나나 저기 톨은 당구를 잘 치고, 형은 연기를 잘하고. 오케이?"

"시끄럽고 밥이나 먹어. 네 명이서 먹는데 뭘 이렇게 많이 시켰어."

최석달과 이정훈이 투덕거리는 사이 태진은 배달 온 밥을 풀고 있었다. 그때, 옆에서 돕던 수잔이 코를 찡긋거리며 태진을 쳐다봤다.

"꿈은 이루어진다!"

"네?"

"설마 이길 줄 몰랐거든요! 아까 이정훈 씨 하는 말 들었죠?

프로 안 한다고!"

"저도 이길 줄 몰랐어요."

"그런 것치고는 입꼬리가 슬쩍슬쩍 올라가던데! 크크. 아무튼 잘했어요. 저기 사장님도 예상보다 훨씬 도움이 되고 있고요. 저렇게 정곡을 제대로 찔러 줄 줄은 몰랐어요."

그사이 이정훈이 털레털레 테이블로 걸어왔다. 최석달이 뭐라고 했는지 표정만 봐서는 화가 단단히 난 것처럼 보였다.

'사장님이 이제 그만 약 올려야 할 거 같은데.'

태진이 느끼기에는 이정훈의 인내심이 거의 한계점에 달한 것 같았다. 그때, 최석달이 다시 약을 올리려는 듯 웃는 모습에 태진이 급하게 입을 열었다.

"아까 배달 오신 분 사진 찍고 나서 정말 행복해하시더라고요."

이정훈은 별다른 반응 없이 젓가락을 집었고, 대신 최석달이 입을 열었다.

"그냥 연예인 보니까 신기해서 저러는 거죠. 원래 TV에 나온 개만 봐도 신기하잖아요. 아는 척하고 싶고."

만약 태진이 표정을 지을 수 있었다면 최석달을 보며 얼굴을 찡그렸을 것이었다. 당구 칠 때까지만 하더라도 아군이었는데 지금은 적군처럼 느껴졌다.

"아니에요. 정말 행복해했어요. 배우님이 출연한 영화도 다 아는 것 같더라고요. 그리고 드라마는 아직도 본다고 그랬잖아요."

"크크. 완전 옛날 영화들이잖아요. 영화는 한 10년도 넘은 거 같은데."

그동안 TV를 보며 수없이 연습했지만 한 번도 쓸 기회가 없었던 말이 튀어나올 것 같았다.

'닥쳐!'

지금 이정훈의 표정도 영화에서나 봤던 표정이었다. 마치 누군가를 죽이기 직전에 나오는 그런 표정이었다. 그때, 수찬이 최석달의 말을 반박하며 나섰다.

"에이, 사장님은 그게 얼마나 대단한 건지 모르시네."

"뭐가 대단해요."

"대단하죠. 하루하루가 다른 세상인데 10년이 지난 걸 기억하고 있는 게 대단하죠. 나의 10년 전을 남이 기억해 주는 게 얼마나 대단해요. 내가 나온 작품을 기억해 주는 건 아마 모든 배우들이 바라는 꿈일 거예요. 그리고 사장님 10년 전에 뭐 하고 계셨는지 기억하세요?"

수잔의 말이 기분 좋았는지 이정훈이 갑자기 피식거리며 웃으며 말했다.

"지금이야 우승하고 그래서 이렇게 살지. 그때는 뭐 나이도 잔뜩 먹은 놈이 하는 일도 없이 당구만 쳐서 고모, 고모부 등골이나 빼먹고 있었지."

"아니! 내가 무슨!"

당구를 칠 때는 이정훈이 혼자였는데 이제는 최석달이 혼자였다. 이정훈은 통쾌하다는 듯 피식 웃었고, 수잔은 거기서 멈추지 않고 입을 열었다.

"진심으로 대단하세요."

"고마워요."

"배우님이 출연한 영화나 드라마 기억하는 분들이 많은데 그분들의 기억에 더 오래 남도록 작품 또 하셔야 하지 않을까요?"

"후."

이정훈은 수잔이 아닌 태진을 쳐다봤다. 그러고는 갑자기 헛웃음을 뱉으며 말했다.

"내가 성격이 좀 모났어요. 그래서 남들한테 내가 못하는 걸 보여 주고 싶지가 않아요. 그래서 당구도 스스로 꽤 잘 친다고 생각해서 프로가 되어 보려고 한 거고요. 그런데 오늘 보니까 내가 잘못 생각한 거 같더군요."

"사람이라면 누구나 잘하는 모습만 보여 주고 싶죠."

"난 자신 있는 것만 하고 싶어요. 액션은 남들한테 뒤처지지 않을 자신이 있었거든요. 그런데 지금은 그게 안 돼요. 그럼 사람들이 '이정훈 변했네. 이정훈도 늙었네' 그럴 텐데 난 그런 소리를 듣고 싶지 않아요."

"사람으로 태어난 이상 늙는 건 당연하지 않을까요?"

"영화 속에 나는 그대로니까요. 그때의 이정훈으로 기억에 남고 싶어요."

"그래도 새로운 모습으로 기억에 남을 수도 있잖아요."

이정훈은 갑자기 씁쓸하게 웃더니 이내 젓가락을 내려놓았다.

"나를 섭외하러 왔으니까 나에 대해서 잘 알겠죠? 내가 마지막으로 출연한 드라마 알죠?"

"당연하죠. '영원의 도시'잖아요."

"수잔 씨라고 했죠? 수잔 씨는 알아보고 왔으니까 알겠지만, 사람들은 내가 거기에 출연한지도 몰라요. 그만큼 존재감이 없었어요. 무엇보다 내가 그 역할을 해 보니까 내 옷이 아니고 다른 사람 옷을 입은 것처럼 느껴지더라고요. 자신도 없고요. 이번 작품도 아마 비슷할 거 같은데 그럼 원래 옷 주인을 찾는 게 서로에게 좋을 거라는 생각이 드네요."

"액션도 들어가 있거든요."

"대역이거나 간단한 몸동작이겠죠."

그때, 최석달이 또다시 입을 열려 했다. 태진은 또 무슨 말을 할까 걱정되는 마음에 최석달을 봤다. 그런데 아까와는 다르게 사뭇 진지해 보였고, 그 진지함 속에 약간의 분노도 섞여 있는 것처럼 느껴졌다.

"평생 주연 한 번 못 해 보고 맨날 싸움질하는 역할만 하다가 끝나는 거지. 참, 옛날에 영화 찍는다고 자랑할 때는 아주 한국이 아니라 세계에서 인정받는 대배우가 되겠다고 하더니. 아! 스스로 대배우가 됐다고 생각하는 거야?"

직설적인 말이었지만, 그 속에는 배우를 계속했으면 하는 바람이 담겨 있었다. 이정훈도 그걸 느꼈는지 가볍게 받아들였다.

"그건 내 몸이 멀쩡했을 때고. 만약 멀쩡했으면 지금도 변하지 않았겠지."

그 말을 끝으로 테이블에 침묵이 흘렀다. 회복하려고 얼마나 노력을 했는지 옆에서 봤던 최석달도 더 이상 말을 하지 못했고, 수잔 역시 무작정 설득할 수 없다고 생각했는지 입을 다물었다. 다만 태진은 이정훈의 표정을 뚫어져라 쳐다봤다. 말을 저렇게 하고 있지만, 미련이 남은 건 확실해 보였다. 태진은 어떻게 말을 해야 될까 잠시 고민을 했다.

'아⋯⋯.'

좋은 생각이 떠오른 태진은 갑자기 젓가락을 내려놓고는 당구대로 향했다. 그러고는 공을 이리저리 배치하기 시작했다. 그러자 항상 해맑던 수잔의 표정이 일그러졌고, 최석달과 이정훈은 의아해하며 태진을 쳐다봤다.

"원래 당구가 재미 들리면 천장에서 당구공이 굴러가긴 하는데. 지금은 좀 아닌 거 같은데."
"독특한 사람이야."

수잔이 굳은 표정으로 태진을 부르려 할 때, 태진이 이정훈을 보며 말했다.

"이건 어떻게 치는 게 좋을까요?"
"그걸 지금 이 분위기에서 물어볼 건 아닌 거 같은데."
"갑자기 궁금해서요.'

이정훈은 어이가 없는 듯 웃고는 당구대로 갔다.

"진 사람한테 묻는 거예요?"
"제 실력으로 이긴 건 아니잖아요. 이건 어떻게 쳐야지 맞을까요?"

"방법은 많죠. 앞에 흰 구를 얇게 치고 내공 속도를 빠르게 하는 방법도 있고. 아니면 아예 제각 돌리기를 해도 되고."

"영상에서 봤을 때는 스핀을 줘서 치기도 하더라고요."

"그렇죠. 그것도 되죠. 방법이야 엄청 많아요. 이렇게 쳐도 가고 저렇게 쳐도 가고. 내가 모르는 방법도 엄청 많겠죠."

태진은 고개를 끄덕거리고는 다시 이정훈을 살폈다. 그러고는 무척 조심스럽게 목을 가다듬었다.

"액션 연기도 마찬가지 아닐까요?"

이정훈은 예상 못 한 얘기에 어깨를 으쓱거렸고, 태진은 왠인지 갑자기 고개를 끄덕거리고는 말을 이었다.

"액션 연기도 여러 가지의 연기가 있을 거라고 생각합니다. 꼭 몸을 움직여야지만 액션일까요? 눈빛이나 분위기로 상대방을 압도하는 그런 것도 액션일 수 있잖아요. 마치 여기 당구공처럼 길이 많은데 모르고 있을 수도 있잖아요."

이정훈은 갑자기 팔짱을 끼더니 말없이 당구대를 내려다보았다. 태진은 거기서 멈추지 않고 계속 말을 이었다.

"어떤 사람이어야 대배우라고 불리는지는 잘은 모릅니다. 그래도 배우님이 원하는 배우가 되는 것도 당구하고 다를 게 없다고 생각해요. 이렇게 가도 되고, 저렇게 가도 되고. 아니면 돌아가도 되고. 여러 가지 길이 있지만 결국 공이 맞게 되잖아요."

태진은 이정훈을 물끄러미 쳐다보며 잠시 호흡을 가다듬고는 더 진지한 말투로 말했다.

"이번 시나리오가 또 다른 길이 될 수도 있을 거라고 생각합니다."

태진의 말이 끝났지만, 이정훈은 한참이나 말이 없었다. 태진이 초조한 마음을 숨긴 채 이정훈만 쳐다보고 있을 때, 이정훈이 갑자기 큐대를 집어 들었다. 그러고는 공을 이리저리 쳐 보기 시작했다.

"제대로 안 되네."

같은 배치의 공을 반복해서 치던 이정훈이 큐대를 내려놓고는 태진을 쳐다봤다.

"내가 자주 치던 길이 아니라 그런지 어렵네요. 흠, 힘들겠죠?"

주어가 빠져 있었지만, 태진을 비롯해 수잔과 최석달도 어떤 뜻으로 한 말인지 알아차렸다. 다들 이정훈의 말을 기다릴 때,

그가 코웃음을 뱉더니 입을 열었다.

"그래도 가긴 가네. 휴우, 오케이. 일단 한번 봅시다."

방금 전까지만 해도 썩어 가는 표정이던 수잔은 입이 귀에 걸려 있었다. 거기에 얼마나 기뻐하는지 얼굴까지 빨갛게 상기되었다. 그럼에도 본분을 잃지 않고 곧바로 준비한 시나리오부터 챙겼다. 그때, 이정훈이 태진을 보며 말했다.

"그런데 조금 이상하네. 톨 씨, 원래 이름이 뭐예요?"
"한태진이라고 합니다."
"한 씨예요? 이상하네. 그동안은 말을 많이 안 섞어 봐서 몰랐나? 목소리가 내가 알던 친구랑 비슷해서. 말투도 비슷하고. 김승진하고 무슨 관계 없죠?"
"아무 관계도 아닙니다."

설득하기 위해서 자신의 말투보다는 조금 더 전문적으로 느끼게끔 변호사 역할을 많이 했던 배우의 흉내를 섞었다. 더 유명한 배우가 있었지만, 그 사람을 흉내 내진 못했기에 가능한 배우를 흉내 냈는데 이렇게 알아차릴지는 몰랐다. 흠칫 놀라기는 했지만 그것도 잠시, 태진은 설득에 성공했다는 기쁨에 입꼬리를 씰룩거렸다.

*　　　　*　　　　*

한국에서 가장 잘나가는 배우 기획사를 뽑으라고 한다면 누구나 플레이스를 뽑을 것이었다. 규모는 엄청나게 크다고 볼 순 없었음에도 소속된 주연급 배우도 많았고, 그 외의 배우들도 많이 보유한 곳이었다. 거기에 자체적으로 단역배우들을 위한 연기 스쿨을 무료로 진행하고 있다 보니 배우라면 플레이스를 좋게 보고 있었다.

그런 플레이스에서 실장을 맡고 있는 이창진은 골머리를 앓고 있는 중이었다. 신생 회사인 멀티박스에서 텐트폴로 방향을 잡고 제작하는 드라마에 출연해 달라는 배역 제의가 들어왔다. 하나는 여자주인공이었고, 다른 하나는 주인공을 보좌하는 비중 있는 조연이었다. 그중 다른 팀에 소속된 여자주인공은 제의를 수락해 벌써 미팅까지 잡혀 있었다. 하지만 자신이 관리하는 배우 이정훈은 연신 거절의 답만 내놓고 있었다.

이정훈이 바로 전 작품에서 비슷한 역할을 하며 연기 변신을 시도했지만 실패로 돌아간 적이 있었는데, 그 때문인지 거절만 하고 있었다. 이렇게 두면 배우인 이정훈이 모든 손해를 입을 수도 있었다. 이제 계약기간도 얼마 남지 않았는데 계약서에 적힌 최소 작품 수를 채우려면 이번 역을 반드시 해야 했다. 회사에서는 일을 가져왔는데 이정훈이 거절한 것이다 보니 회사에서는 이정훈에게 계약대로 이행하지 않은 걸 문제 삼을 수도 있었다. 어찌 되었든 이정훈이 출연을 하면 이득이 되는 상황이었기에 웬만하면 출연하는 편이 좋았다.

그렇기에 이정훈을 위해서 며칠째 설득을 했지만, 이정훈은 들은 척도 안 했다. 혹시나 다른 사람이 설득을 하면 듣지 않을까 하는 마음에 캐스팅 대행을 맡은 MfB에 찾아가 보라고 했지만, 별반 다를 것이 없었다. 더군다나 오늘은 전화까지 받지 않는 바람에 직접 만나기 위해 찾아 나선 상태였다.

이창진은 정 안되면 협박이라도 할 생각으로 계약서까지 챙겨 왔다. 플레이스와 계약한 이상 계약기간 내에 정해진 작품 수를 해야 한다는 점을 내세울 생각이었다. 서로 얼굴 붉히게 될 수도 있었지만, 이렇게라도 해서 이정훈을 카메라 앞에 세우고 싶었다. 이대로 대중들에게 잊히기엔 너무 아까운 배우였다.

무거운 마음으로 운전하는 사이 이정훈이 살다시피 하는 당구장에 도착했다. 벌써 저녁이 되어 가고 있었지만, 일부러 이 시간대에 찾아왔다. 이정훈은 보통 이 시간이 되어서야 연습을 끝냈고, 그 전에 가면 연습이 끝나기 전까지 기다리기만 해야 했다. 다시 시간을 확인한 이창진은 입맛을 다시고는 당구장 문을 열었다.

"어서오… 오, 이 실장님!"
"안녕하세요. 이정훈 배우님 만나러 왔습니다."

이창진은 이정훈에게 인사하기 위해서 당구장 안을 이리저리 살펴봤다. 그런데 다른 손님들만 있을 뿐, 이정훈이 보이지 않았다. 벌써 간 건가 하는 생각에 허탈한 한숨이 나왔다. 그때, 당구장 주인이 손가락으로 구석 테이블을 가리켰다.

"저기 있어요."

"아! 계셨구나. 감사합니다."

"잠깐만요. 지금은 가지 말아요."

"네?"

"뭐 보고 있는데 꽤 집중하고 있거든요."

"뭘 보고 계신대요?"

"시나리오요."

"혹시 '신을 품은 별'이에요?"

"그랬던 거 같아요."

이창진은 고개를 빠르게 돌려 이정훈을 쳐다봤다. 이렇게 할 거면서 그동안 애를 태운 것이 밉기도 했지만, 다시 연기를 하려고 하는 모습이 설레게 만들었다. 그때, 이정훈이 보고 있던 시나리오를 내려놓고는 혼자 중얼거렸다. 그러길 반복하던 중 이창진과 눈이 마주쳤다. 이창진은 미소가 가득한 얼굴로 인사를 했고, 그 인사를 받은 이정훈이 천천히 걸어왔다.

다시 연기를 하려 마음먹은 걸 축하하려고 이창진이 미소를 지은 채 입을 열려던 찰나, 이정훈의 분위기가 뭔가 이상했다. 고개를 살짝 숙인 채 혼자 뭔가를 중얼거리고 있었고, 그 짧은 거리를 오는데 걸음걸이가 보는 사람으로 하여금 뭔가 불안하게 만들었다. 그때, 바로 앞까지 다가온 이정훈이 고개를 들더니 이창진에게 얼굴을 내밀었다.

"너지?"

이창진은 순간 몸이 굳을 정도로 섬뜩함을 느꼈다. 순간 자신도 모르게 이정훈의 손에 무언가 들려 있는지 확인까지 할 정도로 섬뜩했다. 무슨 이유로 자신에게 이러는지 알아차리기 위해서 머리가 빠르게 돌아갔다. 무리하게 연기를 시켜서 그런 건가, 아니면 배역이 이상한 건가. 여러 가지 생각이 들었지만, 정확히 알 수는 없었다. 그렇기에 옆에 있던 최석달에게 도움의 눈빛을 보내려 할 때, 이정훈이 또 입을 열었다.

"찾는다고 했지?"

"네⋯⋯?"

"후, 안 돼. 못 봐줘. 질서 어지럽히지 말라고 누누이 얘기했을 때 듣지 그랬어. 나도 이러고 싶지 않은데 안 그러면 내가 죽어. 후우, 우주의 질서를 어지럽힌 죄. 7좌로서 명하노라."

그제야 그가 뭘 하고 있는지 이해했고, 그 순간 자신도 모르게 참고 있던 숨을 거칠게 몰아쉬었다. 그러자 이정훈이 영문을 모르겠다는 얼굴로 이창진의 등을 두드렸다.

"실장님, 왜 그래요?"

"후우⋯ 아닙니다. 시나리오에 있는 대사죠⋯⋯?"

"네, 그런데 너무 짧게 있어서 전체적으로 어떤 느낌인지 제대로 파악은 안 되네요. 전체적인 분위기로 보면 조금 가벼워야 될 것 같기도 하고."

이창진은 놀랐던 마음을 추스르고는 곧바로 휴대폰을 꺼내 들었다.

"제가 찍어서 보내 드릴게요. 여러 가지 버전 해 보시고 나중에 참고하시면 될 것 같습니다."
"오케이. 그게 좋겠네요."

굉장히 짧은 대사임에도 이정훈은 분위기를 바꿔 가며 연기를 했다. 당구장에 손님이 있든 말든 전혀 개의치 않아 했다. 그런 이정훈을 카메라에 담고 있던 이창진은 처음에 놀랐던 것이 민망했지만, 저렇게 연기에 불이 붙은 모습을 보니 옛날의 그가 다시 돌아온 것만 같아 기뻤다. 그때, 이정훈의 연기가 눈에 들어왔다. 평소 이정훈이 추구하던 연기가 아니라 장난이 가득한 느낌의 연기였다. 그런 연기는 자신 없다고 학을 떼던 사람이 누가 시키지도 않았는데 스스로 하고 있는 모습이 놀라웠다.

"이건 좀 이상하죠? 너무 가볍나?"
"좋았습니다."
"이런 걸 안 해 봐서 영 어색하단 말이야."
"아니에요. 좋았습니다."
"그냥 솔직하게 말해 줘요. 하는 내가 이상한데 보는 사람은 얼마나 이상하겠어요."

"그런데 왜 갑자기 그런 연기를……."

"배역 설명 보면 진지할 땐 진지하지만 평소에는 허점이 많은 캐릭터라길래요."

"그건 아는데… 캐릭터 분석한 다음 미팅하면서 조율하실 줄 알았거든요."

이정훈이 눈썹을 씰룩거리고는 입을 열었다.

"나 때문에 분위기가 달라질 수 있잖아요. 원래 방향과 틀어질 수도 있으니까 그러고 싶진 않더라고요."

"괜찮으시겠어요?"

"해 봐야죠. 누가 그러더라고요. 목표는 한 가지이지만, 그 목표를 향해 가는 방법은 여러 가지가 있다고. 연기도 마찬가지더라고요. 생각해 보니까 걷는 것도 액션이고, 얼굴도 내 몸이니까 표정 짓는 것도 액션이고, 전부 다 액션이더라고요. 그렇게 생각하니까 마음이 편안해졌어요."

"아……."

이정훈이 약간 민망한지 괜히 목을 쓰다듬으며 입을 열었다.

"그동안 나 때문에 힘들었을 텐데 미안해요. 기다려 준 만큼 열심히 해 볼게요."

"후… 다행이네요. 그럼 당구 선수는 안 하시기로 결정하신 거죠?"

"아, 그거. 나도 꽤 잘 친다고 생각했는데 깜냥이 아니더라고요."

그때, 옆에 있던 최석달이 웃으며 대화에 끼어들었다.

"실장님이 제대로 사람 보내셨던데요? 아, 그 친구, 아주 그냥."

이창진은 최석달이 이야기하는 게 MfB의 사람들이란 걸 바로 알아차렸다.

"괜찮던가요?"
"괜찮다뿐이겠어요. 아, 이럴 게 아니라 간단하게 술 한잔하면서 얘기하죠? 아, 차 가져 오셔서 좀 그런가?"
"대리 부르면 되죠. 좋습니다."
"그럼 간단하게 여기서 한잔하죠. 알바 쓸 돈이 없어서! 하하."

당구장 구석에 있는 테이블에서 간단하게 술자리가 시작되었고, 이창진은 최석달에게 그동안 있었던 일을 전해 들었다. 얼굴한 번 본 적도 없는 사람이지만, 이정훈을 설득시켰다는 점이 너무나도 감사했다.

"프로를 속일 수는 없었을 테니까 진짜 초보였을 텐데. 대단하네요."

"진짜 난놈이에요. 표정도 딱 포커페이스를 유지하는데 그게 담력이 없으면 안 되거든요. 그리고 말도 멋지게 하고."

"이름이 톨이라고 했어요?"

"그건 회사에서 지들끼리 부르는 이름이라고 했고. 뭐라고 했더라. 김승진이었나?"

옆에서 듣고 있던 이정훈이 고개를 저으며 말했다.

"한태진. 너, 사람 이름을 그렇게 빨리 잊어버리는 거 보면 문제 있다. 치매 오는 거 조심해."

"말하는 거 봐! 이름 하나 기억 못 했다고 치매라네."

두 사람이 투덕거리는 모습은 당구장에 들를 때마다 종종 봤던 모습이기에 그리 신경 쓰이지 않았다. 다만 이정훈의 입에서 나온 한태진이라는 이름이 묘하게 익숙했다. 그때, 뭔가 떠올랐는지 이창진이 손가락을 튕기며 말했다.

"배달원! 배달원 뽑은 면접자였네!"

*   *   *

기쁨의 소식을 들고 회사로 복귀한 태진은 무언가를 해냈다는 성취감에 기쁘다 못해 행복하기까지 했다. TV를 보며 상상했던 회사 생활이 바로 이것이었다. 거기에 팀원들의 칭찬은

덤이었다. 수잔은 무용담처럼 태진의 흉내까지 내 가며 재연했다.

"갑자기 밥 먹다 말고 당구대로 가길래 나는 멀쩡한 신입인 줄 알았는데 사실 미친 사람이었나 하고 생각했다니까요. 아무튼! 갑자기 이정훈 씨한테 당구 어떻게 치냐고 물어보니까 이정훈 씨가 길이 여러 가지라고 그랬어요. 그러니까 톨이 지금 저 표정에서 갑자기 고독이 느껴지는 표정으로! 거기에 우수에 가득 찬 눈빛까지 더해서!"

팀원들은 모두 태진을 쳐다봤고, 태진은 민망함에 고개를 돌렸다.

"에이."
"진짜라니까요?"
"로봇 같은데?"
"지금은 그래도 난 분명히 그렇게 느꼈어요. 거기에 목소리까지 쫙 깔고 발성이 어찌나 좋던지 내가 결혼만 안 했어도 청혼했을 정도로 느낌 있었어요. 아무튼! 그렇게 진지하게 '당구에 인생이 담겨 있었네요. 배우도 마찬가지 아닐까요? 배우로 성공하기 위한 길도 액션뿐만이 아니라 여러 가지 길이 있을 것 같은데, 우리가 모르고 있는 건 아닐까요? 마치 이 공처럼요' 딱! 이러는데! 거기서 이정훈 씨가 뭔가 깨달을 듯한 표정으로 고민하더라고요. 그러고는 결국 수락!"

"오! 멋있는데? 톨, 준비하고 간 거예요? 보기와 다르게 계획적이네?"

"아닐걸요? 진심으로 나온 말 같았어요. 대박이었는데."

말하고자 하는 바는 비슷했지만, 과정이 너무 달랐다. 아니라고 말하고 싶었지만, 팀원들을 보니 부정을 하면 안 될 것 같은 눈빛을 보내고 있었다.

'이래서 와전이 되는구나.'

태진이 본의 아니게 영웅이 되어 버렸을 때, 브라운이 못마땅한 듯 입을 열었다.

"아직 확정도 아니잖아요. 이러다가 엎어지는 경우 한두 번 있는 것도 아닌데 너무 김칫국 들이켜는 거 아닌가요?"

잔칫집 분위기에 초를 쳤지만, 브라운의 말도 틀린 건 아니었기에 팀원들은 들떠 있던 기분을 추스렸다. 그때, 팀장 스미스의 휴대폰이 울렸고, 벨소리를 신호로 팀원들은 다시 업무로 복귀했다. 무용담을 늘어놓던 수잔 역시 자리로 돌아오더니 갑자기 환하게 웃으며 태진을 봤다.

"저 자식은 꼭 초를 쳐요. 남 잘되면 배가 찢어질 정도로 아픈가 봐요. 성격 드러운 자식. 쳐다보지는 말고요!"

환하게 웃으면서 남을 욕하는 모습에 태진은 웃음이 나왔다.

"그런데 너무 과장하신 거 같아요."

"뭘 과장해요? 진짜인데."

"내용도 다르고. 제가 표정도 못 짓는 거 아시잖아요."

"내용은 다를지 몰라도 표정은 내가 진짜 그렇게 느꼈어요. 좀 멋있었어요. 님 좀 짱인 듯! 어떻게 그런 말을 떠올렸는지 지금 생각해도 너무 멋있었어요. 나중에 나도 써먹어도 되죠?"

"그럼요."

"아무튼 진짜 잘했어요. 이참에 사수, 부사수 위치를 바꿔야겠어요!"

그때, 통화를 하던 스미스가 갑자기 팀원들 가운데로 나오더니 팀원들을 주목시켰다.

"자! 플레이스에서 연락 왔습니다."

이번 김정연 작가의 작품에 참여하는 연기자들 중 두 명이 기획사 플레이스에 소속되어 있었다. 한 명은 여자주인공 김별 역이었고, 다른 한 사람은 이정훈이었다. 여자주인공은 이미 작가와의 미팅까지 잡아 놓은 상태였기에 지금 연락은 이정훈과 관련된 내용일 것이었다. 아니나 다를까 스미스의 입에서 이정훈의 이름이 나왔다.

"이정훈 씨, 수락했습니다. 작가님, PD님하고 미팅한 후 별다른 문제없으면 참여하겠다고 답변 왔습니다. 날짜 조율해서 미팅만 잡아 주면 됩니다."

스미스는 수잔과 태진을 쳐다보더니 흐뭇한 미소를 지었다.

"골치 아플 뻔했는데 잘했어요. 수고 많았어요. 참, 플레이스 이창진 실장님도 고맙다고 나중에 밥 한 끼 사겠다고 하더군요."
"이창진 실장님이요? 와! 실세잖아요."
"아마 플레이스에서도 이정훈 씨 때문에 골머리 썩고 있었나 봐요. 계약기간은 남아 있는데 연기는 안 하겠다고 그래서 걱정이 많았는데 두 분 덕분에 해결됐다고 감사하다고 그러더군요."

수잔은 팀장이 앞에 있음에도 누구에게 들으라는 듯 태진을 향해 크게 외쳤다.

"이제 마음껏 기뻐하자고요! 첫 캐스팅 축하해요!"
"톨, 축하해요."
"축하해요! 처음부터 대활약했네!"

팀원들의 축하가 민망하기도 하면서 기분이 좋았는지 태진의 입꼬리가 계속 움찔거렸다.

　　　　　*　　　　　*　　　　　*

　퇴근을 하고 집에 온 태진은 회사에서 하지 못했던 무용담을 가족에게 늘어놓았다. 가족들도 태진의 회사 생활이 궁금했었기에 태진의 말에 집중했다.

　"그래서 이정훈 씨가 하기로 했어요. 참, 다른 사람한테 얘기하면 안 돼요."

　어머니는 아픈 팔로 박수까지 쳐 가면서 활짝 웃었다.

　"엄마는 우리 태진이가 잘할 줄 알았어. 너무 잘됐네."

　언제나 그렇듯이 어머니는 칭찬을 했고, 아버지는 그런 어머니를 보며 피식 웃었다.

　"네 엄마가 얼마나 걱정했는지 몰라."
　"걱정 안 하셔도 돼요. 아까 말씀드린 수잔이라는 분이 제 사수인데 정말 편하게 해 주세요."
　"그건 다행인데 그거 말고. 어제 너 당구 치러 간다고 하고 집에 안 들어왔잖아."
　"아, 걱정하실까 봐 말하고 간 건데."
　"그런데도 네 엄마는 회사에서 사람들 다 당구 치는데 너 혼자 못 쳐서 따돌림당하는 거 아니냐고 아주 좌불안석이었어. 그래서 연습하러 간 거 아니냐고 나더러 따라가 보라고 하더라."

어머니는 그 와중에도 아버지를 칭찬하며 변명했다.

"당신도 당구 잘 치니까 한 말이지."
"아버지도 당구 칠 줄 아세요?"
"그럼. 엄마랑 연애할 때 당구장에서 데이트도 했지. 엄마는 당구장에서 먹는 짜장면이 맛있다는 거 아빠 덕분에 알았어."

세상에 어머니 같은 분만 있으면 화나거나 다툴 일은 없을 것 같았다. 그때, 얘기를 듣고 있던 막내 태은이 갑자기 손을 내밀었다.

"큰형, 사진 찍었어? 사진 보여 줘!"
"아, 사진 찍을 겨를이 없었어. 그리고 일 때문에 찾아간 건데 사진 찍자고 그러기는 힘들지."
"사진도 못 찍어?"
"나중에는 모르겠는데 지금은 신입이잖아."
"형, 빨리 신입 떼야겠다. 그래야지 걸 그룹 만나서 사진 찍고 그러지. 혹시 나중에 F.I.F 만나면 '사랑하는 태은에게'라고 적어서 사인 좀 받아 줘."
"너 걸 그룹 별로 안 좋아했잖아. 요즘 걸 그룹 좋아해?"
"어, 작은형 때문에. 작은형이 무슨 연예인 소설 쓰겠다고 그러더라고. 그 주인공들 모티브 삼은 게 F.I.F야. 맨날 그 노래만 듣고 F.I.F 영상만 찾아보고 그러는 걸 옆에서 봤더니 강제로 좋아지더라고. 완전 강제 입덕!"

고개를 돌려 보니 태민이 굉장히 멋쩍어했다. 그런 태민은 태은을 향해 조용히하라는 듯 검지를 입술로 가져갔다. 어떤 소설을 쓰는지 궁금했지만, 태민이 말을 하지 않는 걸 봐서는 아직 구상 단계인 모양이었다. 태민이 시작했다고 말을 하면 없는 시간을 쪼개서라도 읽어 볼 참이었다. 그때, 태민이 민망했는지 분위기를 바꿔 보려 말을 돌렸다.

"다들 잘해 줘?"
"그럼 다 잘해 주지. 아직 며칠 밖에 안 됐잖아."
"텃세 부리거나 그런 사람들은 없어? 보통 한 명씩은 있게 마련인데."
"아, 이상한 사람이 한 명 있긴 있네."

태진이 첫 사회생활을 하며 좋은 사람만 만나길 바라던 가족들은 약간 걱정된 표정으로 쳐다봤다. 가족들의 걱정을 느낀 태진은 입술을 씰룩거리고는 입을 열었다.

"좀 이상한 사람은 있어. 괜히 틱틱거리고 딴지 걸고 그러고. 또 괜히 훼방 비슷한 걸 놓는데 그게 좀 이상해."
"그런 놈이 있어?"

태민의 인상이 일그러지는 모습에 태진은 서둘러 말을 이었다.

"좀 이상해. 뭔가 자기 자랑 할 때는 굉장히 자연스럽거든. 그런데 나 들으라고 하는 말 할 때는 뭔가 이상해."

"뭐가 이상해?"

"음, 뭐라고 해야 될까. 어색하다고 해야 되나?"

"형이 잘못 느낀 거 아니야? 아니지, 형이 표정하는 잘 읽는데."

"그냥 좀 이상한 사람이야."

"형이 일을 너무 잘해서 시샘하나? 너무 잘하니까 부러우면서도 회사에 필요해 보이니까?"

가족들 모두가 동의한다는 듯 고개를 끄덕거렸고, 태진은 가족들의 칭찬에 얼굴을 씰룩거리며 말을 이었다.

"나 신입이라서 아직은 내가 잘하고 있는지도 모르겠어. 그래도 재미는 있어."

"그건 다행이네. 만약에 그놈이 뭐라고 하면 바로 말해."

"네가 때려 주려고? 그럼 내가 더 이상해질 거 같지 않아?"

"그래도 그냥 말해 줘."

"괜찮을 거야. 사수가 그러는데 그 사람이 원래 그런 사람이긴 한데 요즘 더 심하다고는 하더라. 아무튼 하는 말은 좀 기분

나쁠 수 있는데 표정은 그렇지 않아. 그냥 이상한 사람이라고 생각하면 돼. 그리고 특별히 나한테 뭐라고 하는 건 아니니까."

"진짜 이상한 놈이네. 그래도 다행이네."

"뭐가?"

"형 어차피 저번에 전화 온 사람하고 일할 거잖아. 그 사람은 회사에서도 잘해 줘?"

그러고 보니 입사하고 곽이정을 본 적이 없었다. 입사한 지 며칠 되진 않았지만 한 번쯤 마주칠 법도 한데 아직까지 곽이정을 만난 적이 없었다.

＊　　　　＊　　　　＊

회사 근처 술집에 자리한 곽이정은 굉장히 기분이 좋아 보이는 미소를 짓고 있었지만, 순간순간 아쉽다는 표정을 짓기도 했다.

"진짜 계약 따 오는 거 보고 깜짝 놀랐다니까요. 제가 갔을 때는 완전 철벽이었거든요. 그래서 누가 가도 이건 힘들 거 같아서 다른 후보들 구상하고 있었는데 이정훈이 한다고 그래서 순간 진짜로 짜증이 나더라고요."

"후후, 짜증까지 낼 필요는 없지."

"그건 잠깐이었고, 근데 진짜 대단하긴 하더라고요. 사실 그 친구보다 역시 팀장님이라는 생각이 들었어요. 신입인데 눈여겨

보시는 게 좀 의아했는데 이 정도면 저까지 기대되더라고요."

곽이정은 입바른 칭찬에 피식 웃으며 말을 이었다.

"내가 말한 대로 잘하고 있지?"

"그럼요. 그런데 좀 경력이 있으면 깔 게 많을 텐데 신입이라서 조금 그래요. 아무것도 모르는 애인데 무작정 까면 좀 그래서 적당히 하고 있습니다. 다른 사람들 시선도 좀 있고요."

"그 정도면 괜찮아. 나중에 잘해 주면 돼."

"그렇죠. 팀장님이 총괄 팀장 되시고 제가 팀장님 자리 물려받으면 어차피 제가 품어야 될 친구니까요. 그런데 그러려면 제가 미리 1팀으로 가 있는 게 낫지 않을까요?"

"그런 건 걱정 말고. 어차피 팀만 나눠져 있다뿐이지 같은 캐스팅 부서잖아."

"그렇죠!"

곽이정은 피식 웃고는 술을 들이켜고 태진을 상상하며 웃었다. 설마하니 이렇게 빨리 실력을 보여 줄지는 몰랐는데 입사한 지 며칠이나 됐다고 벌써부터 눈에 띄고 있었다. 사실 곽이정도 태진이 남들의 눈에 띄리라는 걸 예상은 하고 있었다.

낭중지추.

재능이 뛰어난 사람은 숨어 있어도 눈에 띄게 되는 법이었다. 그렇게 되면 다른 팀장들이 태진을 욕심낼 게 뻔했기에 미리 여러 가지 준비를 해 두었다. 그중 한 명이 한때 바나나 엔터에서 한솥밥을 먹던 4팀의 브라운이었다.

회사 생활을 하는 데 상사와의 마찰이 있다면 누구라도 싫을 것이었다. 그렇기에 브라운에게 부탁을 해 두었다. 브라운이 제대로만 해 둔다면 나중에 여러 팀장들이 태진을 선택하더라도 4팀은 제외할 것이 분명했다. 그리고 남은 2팀과 3팀에도 그와 비슷한 사람들에게 부탁을 해 둔 상태였다.

"그런데 팀장님 이번에 방송 출연하시는데 그 준비는 잘되고 계세요?"

"준비랄 것도 없지."

"에이, 말은 그렇게 하셔도 이미 다 준비해 두셨죠?"

"아니야. 어차피 지금은 제작진도 참가자들 신청받느라고 다른 정보는 없고 일정만 얘기하고 있어."

"그럼 언제 발표해요?"

"콘텐츠사업부에서 공문 내려올 거야. 아마 빠르면 다음 달부터는 촬영을 시작할 거 같더라."

"진짜 채이주가 이름값은 하네요."

MfB가 한국에 오면서 엔터테인먼트 사업을 겸하는 것은 이미 뉴스에서도 알려진 바 있었다. 그래도 아직까지는 활발하게 뛰어들고 있진 않았다. 다만 대중들에게 알려져 있는 연예인 몇 명은 MfB에 소속되었다. 그중 한명이 채이주라는 배우였고, MfB에 소속된 연예인 중 처음으로 활동을 갖는 배우였다. 원래대로 배우로 활동을 시작한다면 캐스팅 에이전트 부서가 필요할 리가 없었는데 연기가 아니라 예능으로 활동을 시작했고, 그 프로그램에는 캐스팅 에이전트 부서의 능력이 필요했다.

"진짜 이번에 오디션 붐이 다시 일어나는 거 아닌가 모르겠네요."

"코로나 때문에 이런 오디션 없었는데 평타 이상은 하겠지."

"하긴 간만의 오디션이니까 그렇겠네요. 그런데 진짜 MfB 이름이 대단하긴 한 거 같아요."

"뭐가?"

"채이주가 그렇게까지 톱배우는 아닌데 심사 위원 한자리 꿰찬 거 보면 우리 MfB 이름값이 한몫한 거 같아서요."

"우리 이름 아니고 언론홍보본부장이 ETV CP 출신이잖아. 입김 발휘한 거지."

"그것도 대단하네요. 그래도 그런 분을 MfB에서 스카웃한 거잖아요."

끝 모를 애사심에 곽이정은 코웃음을 뱉었다. 사실 지금 갑자기 맡게 된 일이었기에 큰 관심은 없었다. 그저 회사에서 요청을 해서 맡은 일일 뿐이었다. 딱히 프로그램이 크게 성공할 것 같지도 않았고, 채이주라는 배우의 능력도 그다지 신뢰하고 있지 않았다. 오히려 빨리 마무리를 한 뒤 자신만의 팀을 꾸리고 싶다는 생각뿐이었다. 그중 한 자리는 당연히 태진이었다.

*　　　*　　　*

플레이스의 이창진은 운전을 하면서 틈만 나면 뒷자리에 있는 이정훈을 쳐다봤다. 그동안 동기부여가 부족했었는지 다시 연기를 하겠다고 마음을 먹은 이후 이정훈은 확실히 변했다. 전보다 유해진 마음가짐도 달랐고, 무엇보다 연기의 느낌이 달라졌다.

이미 비슷한 배역을 한 차례 맡았고, 결과적으로 득보다 해가 되는 역할이었다. 노력은 노력대로 했는데 돌아오는 건 아무것도 없는 결과를 낳았었다. 그런데도 이 배역을 추천한 건 회사의 입장도 있었지만, 이정훈의 연기 생활을 위해서인 것도 있었다. 점점 늙어 가는데 언제까지 액션만 고집할 순 없었다. 그런데 지금 이정훈의 눈빛을 보면 액션을 해도 될 것 같은 분위기였다. 그리고 고무적인 건 액션뿐만이 아니라 능청스러운 연기도 예전보다는 훨씬 부드러워졌다는 점이다. 이 정도라면 지금 미팅을 하러 가는 김정연 작가와 PD도 분명히 알아봐 줄 것이었다.

이창진은 룸미러를 힐끔 쳐다봤다. 이정훈이 마음을 돌린 게 기뻤지만, 한편으로는 이정훈의 마음을 돌린 태진을 면접 당시 무리를 해서라도 빼 올걸 하는 아쉬움이 들었다. 그때, 이정훈이 밖을 보며 말했다.

"이야, 여기 집들 좋다. 비싸겠는데? 여긴 얼마나 할까요?"
"경기도 외곽이라 충분히 가능하세요."
"그래요? 한갓지고 운치도 있고 좋네요. 이런 데 사서서 글이 잘 나오나."

　이창진은 피식 웃었다. 사실 이정훈은 이곳이 처음이 아니었다. 김정연 작가의 특징 중 하나가 배역 미팅을 할 때는 자신의 집에서 한다는 것이었다. 그렇기에 몇 년 전에도 왔었는데 그때는 여유가 없었는지 이런 풍경이 눈에 들어오지 않았던 모양이었다. 그런데 지금은 비슷한 배역을 맡았음에도 여유가 있어 보였다.

　"도착했습니다. 전 도착했다고 알려만 드리고 앞에서 기다릴게요."
　"같이 들어가지."
　"제작진에서 연락 왔는데 작가님이 최소 인원만 들어오라고 했답니다."
　"혼자 가기 좀 민망한데. 어쩔 수 없죠, 뭐. 끝나면 연락할 테니까 어디 가서 차라도 한잔하고 있어요."
　"알겠습니다. 배우님 편하게 말씀 나누시고 항상 하시는 것처럼 노력한 모습 보여 주시면 다들 만족해하실 겁니다."
　"알았어요. 뭐, 잘되겠죠."

　이창진은 곧바로 김정연 작가에게 도착했다고 알렸다. 그러자 문이 열렸고, 이정훈은 웃으며 차에서 내렸다. 그러고는 기지개를 힘껏 켜더니 갑자기 차 창문을 두드렸다.

"뭐 놓고 가셨어요?"

"그건 아니고요. 혹시나 이번에 제가 억지로 낀다는 느낌이 들면 안 한다고 하려고요."

"네?"

"작가님이 제가 필요해서가 아니라 마음의 짐을 덜려고 하는 거 같으면 안 하는 게 맞을 거 같아서요."

"아니……."

"그래도 걱정은 하지 마요. 연기는 계속할 거니까. 길은 한 군데가 아니잖아요."

너무 태연한 모습에 이창진은 아무런 대답도 하지 못했다. 그저 조금 전까지는 태진에게 고마운 마음뿐이었는데 지금은 왜 저런 말을 해서 사람을 이렇게나 번하게 했는지 약간 원망스러웠다.

제2장

—

3팀으로

　이정훈은 김정연 작가가 준 대본을 읽고 있었다. 총 20편으로 구상되어 있었고, 몇 회를 제외하고는 대본까지 완성해 둔 상태였다. 게다가 극중 역할의 이해도를 높이기 위해 줄거리까지 요약해 두었다.

　이정훈은 글을 읽을수록 점점 빠져들었다. 어떻게 보면 결론이 뻔한 얘기인데도 다음 내용을 어떻게 풀어 갈지 궁금하게 만들었다. 자신이 참여해서가 아니라 구성 자체가 굉장히 탄탄했고 치밀했다. 뻔한 얘기를 궁금하게 만드는 게 가장 어려운 일이었는데 김정연 작가는 이름값을 하듯 그것을 가능하게 만들었다.

　이정훈이 글을 읽는 사이 김정연 작가와 멀티박스 한재철 PD는 말없이 기다렸다. 보통 배우들은 보내 준 시나리오를 먼저 읽고 자신의 역할에 대한 구상을 해 온다. 그런 다음 줄거리를 보여 주며 구상한 캐릭터와 비교하게 만들어 좀 더 캐릭터가 살아날 수 있게 하는 것이 일반적인 방법이었다. 그런데 이정훈은 줄거리를 다 읽더니 대본까지 읽고 있었다. 지켜보던 한재철 PD가 입을 열려 할 때, 김정연이 기다리자는 듯 고개를 좌우로 저었다.

한참 뒤에도 이정훈이 계속 대본을 읽자 한재철 PD와 함께온 제작 팀원이 조용히 속삭였다.

"감독님, 좀 이따가 찍을까요?"

"어? 아, 맞다. 배터리 몇 개 챙겨 왔냐."

"이정훈 씨 말고 다음 분까지 해서 세 시간 예상했어요. 그래서 넉넉하게 세 개 챙겼는데……."

"후, 좀 이따 찍어도 되겠다. 너도 잠깐 쉬어."

"알겠습니다."

예전에는 미팅 장면을 찍더라도 연기하는 부분을 촬영했을 뿐이지만, 동영상 사이트들이 인기를 얻으면서 사람들은 배우와 제작진 사이의 소소한 대화에까지 관심을 가졌다. 만약 드라마가 성공을 거둔다면 이를 더욱 궁금해할 것이고, 그건 곧 조회 수로 연결이 된다. 그렇기에 한재철 PD도 시대에 맞춰 메이킹필름을 제작 중이었다. 다만 이정훈이 생각과 달리 꽤 길게 독서 중이라는 것이 문제였다.

잠시 뒤, 이정훈이 갑자기 눈썹을 씰룩거리더니 혼잣말을 뱉었다.

"시나리오에 있던 대사가 여기였구나."

그 뒤로도 이정훈은 혼자 중얼거리더니 갑자기 고개를 들었다. 그러고는 갑자기 PD를 뚫어져라 쳐다봤다. 그러고는 천천히 입을 열었다.

"너는 아니고. 비켜라."

마치 자신을 하찮게 보는 것 같은 느낌의 반말이었다. PD가 당황할 때, 이정훈이 이번에는 김정연 작가를 뚫어져라 쳐다봤다. 그러고는 이리저리 고개를 갸웃거리고는 갑자기 피식 웃었다. 그러길 잠시 이정훈의 눈빛이 갑자기 변했다. 마치 주먹이라도 날릴 것 같은 느낌이었다. 그때, 이정훈이 입을 열었다.

"너지?"

PD가 이게 무슨 상황인지 파악하려 할 때, 김정연 작가가 이정훈을 보며 놀랍다는 표정을 짓더니 갑자기 대본을 뒤적이기 시작했다. 그러고는 굉장히 마음에 드는 표정으로 씨익 웃었다.

"장난 아닌데요? 그런데 너무 무거운 감도 없지 않아 있어요."

"그런가요?"

"이 뒤에 나올 대사가 약간 가벼운데 바로 연결이 되겠어요?"

"해 볼까요?"

이정훈은 곧바로 다음 대사를 뱉었다.

"후, 안 돼. 못 봐줘. 질서 어지럽히지 말라고 누누이 얘기했을 때 듣지 그랬어."

김정연은 재미있다는 표정으로 대본을 쳐다봤다. 비록 자신이 생각한 캐릭터와 조금 차이는 있지만 정말 많은 준비를 해 온 게 느껴졌다. 앞부분은 계속 장난스러운 캐릭터로 구상했는데 이정훈의 연기를 보니 지금 캐릭터가 오히려 더 잘 어울릴 것 같았다.

연기라는 걸 안 PD는 어이가 없다는 표정이었지만, 금세 밝아졌다. 작가가 이정훈을 선택했을 때만 해도 걱정이 많았는데 직접 연기를 보니 그런 걱정이 싹 가셨다. 배역과 안 어울릴 줄 알았는데 자신만의 색을 입혀 어울리게 만들어 온 것이다. 그때, 김정연 작가가 대본을 부분 부분 뜯어내더니 다시 합치기 시작했다. 그러길 잠시 김정연이 PD를 보며 말했다.

"2화 엔딩 씬. '너지?'로 하면 어때요?"

"네? 진짜요?"

김정연 작가는 언젠가부터 한번 정해 놓은 대본을 바꾸지 않는 것으로 유명했는데 그런 그녀가 먼저 대본을 바꾸자고 말했다. 아직 촬영 전이었기에 그럴 수도 있다는 생각이 들었고, 사실 자신도 비슷한 생각을 했다. 저런 표정으로 엔딩을 하면 다음 화를 안 볼 수가 없을 것 같았다.

"괜찮은 거 같죠?"
"네, 좀 더 얘기해 봐야겠지만 전 좋은 거 같은데요?"
"씬 구성만 약간 손보면 될 듯하네요. 바로 작업해서 보내 드릴게요."

손수 작업한다는 말은 어지간히 만족하지 않으면 나오지 않는 반응이었다. 작가와 배우가 손이 잘 맞는 만큼 일이 편해지기에 PD는 기쁨에 가득 찬 표정이었다. 그때, 김정연 작가가 이정훈을 보며 말했다.

"허리는요?"
"괜찮다가도 다시 아프고 그러죠."
"그래요?"
"지금은 괜찮습니다."
"신기하네."
"뭐가요?"

김정연은 진심으로 신기해하는 표정이었다. 전에 봤던 이정훈의 느낌은 온데간데없이 사라져 있었다. 그렇다고 예전으로 돌아간 것도 아니었다. 처음 봤을 때도 굉장히 진중하고 말을 아끼는 사람이었는데 지금 모습은 전혀 아니었다. 마치 새로운 사람을 마주하는 기분이었다.

"내가 알던 사람이 아닌 거 같아서요."

"하하, 저 맞습니다."

"맨날 괜찮다고만 하던 사람이 아프다고 솔직하게 말하는 것도 이상하고요."

"저 맞아요. 아픈 걸 숨긴 것도 저고 솔직한 것도 접니다."

"원래 성격이 다양하다?"

"그렇게 볼 수 있죠. 그래도 결국은 다 저 이정훈입니다. 오징어만 봐도 오징어 첫 번째 다리, 두 번째 다리, 이러진 않잖아요. 전부 오징어로 불리는 것처럼 성격들도 그저 제 안의 일부라고 보시면 됩니다."

김정연 작가는 무슨 말인가 가만히 생각하다 말고 피식 웃었다.

"푸흡, 오징어요?"

"비유가 이상했나? 나름 각색해서 한 말인데. 원래는 이게 아닌데."

"뭔데요?"

"목적지에 도달하기 위해서는 한 가지 길만 있는 게 아니라 여러 가지 길이 있다는 걸 각색했거든요."

"그렇긴 한데 그래도 기왕이면 가장 빠른 길로 가는 게 좋죠."

"저도 그렇게 생각했는데 옆길에 보이는 풍경도 나름 괜찮은 거 같아서요."

"오호, 그 말은 조금 멋있네요. 일단 메모. 그런데 누가 한 말인데요?"

이정훈은 기분 좋은 미소를 짓고는 빠짐없이 설명을 했다.

"역시 MfB네. 그래서 그 친구 때문에 이 배역도 맡기로 한 거고요?"

"네, 맡겨 주시면 최선을 다하겠습니다."

"그러세요. 어차피 정훈 씨한테 맡기려고 넣은 캐릭터니까. 그럼 다음 연기는 리딩에서나 보죠. 잘해 주세요. 나도 발 좀 뻗고 자게."

여러 가지가 담긴 말이었지만, 이정훈은 바로 알아차리고는 걱정 말라는 듯 웃었다. 그렇게 마무리 지어 갈 때, PD가 갑자기 소리쳤다.

"야! 찍었어? 찍었어?"

"아… 안 그래도 말씀드리려고 했는데… 워낙 순식간에 지나가서……"

"아오!"

*　　　　*　　　　*

　며칠 뒤. 회사에 자리한 태진은 굉장히 정신이 없었다. 다른
배우들을 섭외하러 갈 줄 알았는데 정작 하는 일이라고는 여느
신입들과 마찬가지로 잡일 위주였다. 사무 업무를 무시하는 게
아니라 너무 어려워서 문제였다.

　대부분이 확인 전화 및 문서 작성들 같은 쉬운 일이었는데 태
진에게는 어느 하나 쉬운 것이 없었다. 특히 문서 작성 같은 경
우는 너무 어려웠다. 타자라고는 검색할 때만 써 본 게 다였기에
걸음마 떼는 아기처럼 하나하나 배워 가고 있었다.

　"톨! 지금 톨이 하는 생각, 맞혀 볼까요?"

　"저 아무 생각도 안 했는데요."

　"아닐 텐데! 속으로는 뭔 놈의 캐스팅 부서가 문서 작성할 게
이렇게 많아! 그러고 있죠?"

　"아니에요."

　"진짜 아니에요?"

　"뭐가 뭔지 몰라서 그런 생각도 안 들어요. 수잔, 여기 보고서
서식은 어디에서 불러와야 돼요?"

　"거기, 내가 준 메모에 있을 건데?"

　태진도 노력 중이었다. 혹시 다른 사람들을 흉내 내면 쉬워지

지 않을까 하는 생각에 따라 해 봤지만, 이건 흉내만으로 되는 것이 아니었다. 몸을 쓰는 게 아니었기에 흉내가 아무런 쓸모가 없었다. 차라리 외근을 나가서 누군가를 설득해 오는 게 더 편하다고 생각할 만큼 좀처럼 실력이 늘지 않았다.

지금도 같은 걸 몇 번째나 묻고 있었다. 수잔이 아니라 다른 사람이었다면 답답함에 속이 터졌을 것이다.

"원래 다들 그러니까 너무 급하게 하지 마요. 처음부터 완벽한 사람 뽑으려면 뭐 하러 신입을 뽑아요. 죄다 경력직으로 뽑고 말지. 그러니까 급하게 생각하지 말고 차근차근!"

"감사합니다."

"감사는 무슨! 이거 다른 팀 가서도 해야 될 거예요. 양식 가져오는 건 똑같으니까 내가 메모해 준 거 잊어버리지 말고! 아마 3팀으로 갈 거 같은데 3팀도 지금은 보고서 작성하는 거밖에 없을 거예요."

수잔은 말을 하다 말고 씨익 웃더니 손가락으로 스스로를 가리켰다.

"이런 정보까지 주고. 나 너무 멋있다. 그죠?"

"네, 멋있으세요."

"진짜로! 나 같은 사수 없을걸요? 그러니까 나중에 팀 고를 때 우리 팀으로 와요. 오케이?"

태진은 기분이 좋은지 얼굴을 씰룩거렸다. 빈말이 아니라 진심으로 자신을 필요로 하고 있다는 게 느껴졌다. 저번에도 그랬지만, 누군가에게 필요한 사람이 되는 건 힘든 재활치료마저도 하길 잘했다는 생각이 들게 만들었다. 아마 곽이정과의 약속이 없었다면 바로 대답이 나왔을 것이다.

"뭐야! 왜 대답이 없어요! 그럴 땐 빈말이라도 '수잔 때문에라도 4팀 지원할게요!' 그래야죠. 사람이 웃기만 하고."
"웃는 거 어떻게 아셨어요?"
"입꼬리 씰룩씰룩거리더만! 이렇게!"

수잔은 장난이 섞인 얼굴로 화난 척을 한 뒤 다시 말했다.

"하긴 톨이라면 다른 팀에서도 탐낼 거 같긴 해요. 우리 팀장님만 봐도 벌써 찜해 놓은 거 같던데! 아! 이건 비밀인데 우리 회식 짱 재밌어요. 정식으로 팀 되면 회식하니까 궁금하면 우리 팀 와요."
"네, 알겠어요."
"진짜죠? 기다려도 돼죠?"
"아까 빈말이라도 그렇게 하라고 하셔서요."
"에이! 다른 팀에서도 계속 문서 작성이나 해라!"

비록 4팀에서의 생활은 끝나지만, 1팀을 제외하고 팀을 고른다면 수잔이 있는 4팀을 고를 것 같았다.

                    *   *   *

   며칠 뒤, 3팀으로 부서를 옮긴 태진은 4팀과는 완전히 다른
분위기에 좀처럼 적응이 되지 않았다.

"이봐요, 술."

"네."

"그렇게 멍하니 있지 말고 할 거 없으면 인터넷이라도 봐요."

"네? 아, 네."

   3팀에 온 순간 톨에서 술이 되어 버렸다. 똑같은 한 글자였
지만, 느낌이 완전히 달랐다. 톨이라고 불릴 때는 선택권이라도
있었는데 3팀에 온 순간 강제적으로 12간지 중 술이라는 이름
을 갖게 되었다. 다만 이름을 정할 필요가 없어서 편하기는 했
다.

   사수의 성격도 완전히 달랐다. 맡은 일이 김정연 작가의 작
품 관련인 것은 같았지만, 수잔이 하나하나 챙겨 주는 스타일
인 반면 지금 사수인 '진'은 방목형이었다. 지금도 알려 주는 거
하나 없이 하루 종일 자신의 일만 하는 중이었다. 그러던 사수
가 갑자기 태진을 쳐다봤고, 태진은 사수의 관심에 눈을 반짝
거렸다.

"영어 할 줄 알아요?"

"아니요. 못 합니다."

"그럼 우리 팀하고는 상관없겠네. 뭐, 이참에 푹 쉬었다 간다 생각하고 편하게 있어요."

"저, 3팀은 해외 업무를 보는 건가요?"

"그건 아닌데 해외 일이 들어오면 대부분 우리가 해요. 저 친구는 영어 잘한다는데?"

사수가 가리키는 곳을 보자 이번에 3팀에 합류한 신입 직원이 보였다. 자신과 함께 면접을 봤던 사람이었다. 저 사람은 2팀에서 3팀으로 순차적으로 내려온 것이고 태진은 4팀에서 3팀으로 역순으로 올라갔다. 신입 직원들끼리도 전부 같이 일을 해 볼 수 있게 만든 방식이었다.

'저 사람, 유학 다녀와서 영어 잘한다고 그랬지.'

그때, 사수가 할 말을 마쳤는지 고개를 돌리며 말했다.

"그럼 하던 거 마저 해요."

그 말을 끝으로 더 이상 대화가 없었다. 하던 것이 없는데 뭘 하라는 건지, 꿔다 놓은 보릿자루가 된 기분이었다. 게다가 그건 사수만 그런 것이 아니었다. 3팀 전체가 개인으로 움직이는 느낌이었다.

'후… 영어가 되려나……?'

태진은 자신의 영어 실력에 자신이 없었다. 거의 다 영화나 해외 드라마를 보며 배웠고, 하도 많이 보면서 흉내를 내다 보니 대사들을 외우게 된 케이스였다. 그래도 그렇게 계속 흉내를 냈더니 자막이 없어도 어느 정도 말을 알아들을 수 있게 되었다. 다만 실제로 외국인과 대화를 해 본 적이 없었기에 자신의 영어 실력에 확신이 서지 않았다.

*　　　　　*　　　　　*

점심을 먹고 온 태진은 굉장히 초조한 표정이었다. 예전에 먹었을 때는 맛있었던 사내 식당이었는데 오늘은 밥이 입으로 들어가는지 코로 들어가는지, 맛을 느낄 틈이 없었다. 사수라는 사람은 대화 한마디 없었고, 마구잡이로 욱여넣는 것처럼 보일 정도로 식사 속도마저 빨랐다. 그러고는 잠깐의 휴식도 없이 바로 사무실로 돌아오더니 자신의 일을 하기 시작했다.

그러다 보니 태진은 또 아무것도 하지 않고 그저 자리만 지키고 있었다. 태진은 지금 상황이 굉장히 괴로웠다. 몸을 움직일 수 없었을 때가 떠오를 만큼 답답했다. 이번에 함께 3팀에 합류한 신입 직원이 자신처럼 아무것도 안 하고 있으면 약간이나마 마음이 편했을 텐데 그 신입 직원은 사수를 잘 만났는지 벌써 서류를 보고 있었다. 뭘 하는지 알 수는 없지만, 연신 무언가를 하고 있는 모습 때문에 더 불안했다.

뭔가를 해야 될 것 같은 기분이었지만, 할 게 없었다. 그때, 사수의 책상에 놓여 있는 서류가 보였다. 힐끔 쳐다보자 한글이 아닌 영어로 되어 있었다. 마침 할 것도 없었기에 태진은 자신의 영어 실력이 어느 정도 되는지 알아보기 위해서 고개만 돌려 서류를 살폈다.

'하……'

종이에 새겨진 마크를 보아 미국 MfB에서 보낸 건 알겠는데 뭐라고 적혀 있는지 알아볼 수가 없었다. 영어가 가능하진 않을까 내심 기대했는데 전혀 아니었다. 그때, 옆에 있던 사수가 불쾌하다는 표정으로 태진을 보더니 서류를 자신의 책상 쪽으로 가져갔다.

"바쁜데 신경 쓰이게 하지 말고 인터넷이라도 좀 보라니까요."

4팀에 있을 땐 필요한 사람이 된 것 같아 행복했는데 지금은 쓸모없는 사람이 된 것처럼 느껴졌다.

*　　　　　*　　　　　*

할 게 없다 보니 정시에 퇴근한 태진은 집에 도착하자마자 곧바로 동생 태은의 방으로 들어갔다.

"형, 일찍 왔네?"

불이 꺼진 방에서 컴퓨터 앞에 자리하고 있던 둘째 태민이 태진을 반겼다. 태진은 손 인사를 하고는 곧바로 입을 열었다.

"태은이 영어 책 어디 있어?"
"태은이 영어 책? 어떤 책을 말하는 거야?"
"학교에서 보는 책 말이야."
"교과서?"
"어! 교과서!"
"나도 모르겠는데. 팔아먹었을 수도 있어. 그건 왜?"
"아무래도 공부를 좀 해야 될 거 같아서."

태민은 의아한 표정으로 입을 열었다.

"영어 공부? 형 회화 잘하잖아. 미드도 자막 없이 볼 수 있는데 영어 공부를 왜 해?"
"이번 팀이 영어가 필요해서 그래. 서류를 보니까 잘 모르겠더라고."
"그게 하루 이틀 만에 되는 게 아닐 텐데."
"그래도 해 보려고. 책 어디 있지? 학교 가져갔나?"
"기다려 봐. 야, 한태은. 아, 이 자식이."

고개를 돌려보자 침대에서 자고 있는 태은이 보였다.

"태은이 학교 안 갔어?"

"직접 물어봐. 저 정신 나간 놈한테. 한태은, 안 일어나냐?"

태민의 부름에 침대에 누워 있던 태은이 주섬주섬 일어났다. 태진은 그런 동생의 모습에 걱정스러운 표정으로 물었다.

"너 어디 아파?"

"어, 나 아파."

"아프기는. 저 정신 나간 놈. 진짜 때려서 키웠어야 했는데."

태진은 무슨 상황인지 몰라서 동생들을 번갈아 볼 때, 태민이 진저리 난다는 표정으로 입을 열었다.

"요즘 코로나 때문에 열나면 바로 집으로 보내 준대."

"태은이 열나?"

"열나기는! 백신도 제일 먼저 맞은 놈인데. 저 자식이 핫팩 챙길 때부터 알아봤지. 겨울 다 갔는데 그걸 챙기는 게 수상하긴 했는데 설마 핫팩으로 열 올리고 조퇴할 줄은 몰랐네. 아주 악질이야."

태진은 어이가 없는 표정으로 태은을 쳐다봤다. 그러자 태은이 익살스럽게 웃었다.

"나만 그런 것도 아니야. 애들 다 그래."

"대학 가고 싶다고 안 그랬어?"

"갈 건데?"

"그렇게 하면 대학 못 가지."

"서울에 있는 대학만 대학인가. 난 저기 지방에 있는 대학 가려고. 공부 안 해도 된대."

예전부터 들어 알고 있긴 했다. 다만 예전에는 웃어넘길 수 있었는데 짧긴 해도 사회생활을 하고 나니 그냥 넘길 수가 없었다.

"기왕이면 좋은 대학 가는 게 좋잖아."

"그럴 필요 없어. 그냥 단순히 대학 생활을 해 보고 싶은 거지."

"후, 태은아. 그럼 등록금 같은 거는 어떻게 하려고? 너 노는데 아빠, 엄마가 비싼 등록금 내 줘야 된다고 생각해?"

"아유! 큰형은 날 너무 생각 없이 본다. 내가 지금도 중간 정도는 하거든? 알아보니까 내 성적으로 지방에 있는 학교 가면 장학금 받을 수 있어. 장학금 받으면서 노는 거지!"

"그러니까… 좀 더 공부를 해서 좋은 학교에서 장학금 받을 수도 있지 않을까?"

"형들도 대학 안 갔잖아. 그리고 큰형도 학교 안 다녔는데 지금도 내로라하는 회사에 떡하니 취직도 했잖아. 요즘은 대학이 필수가 아니야."

대화를 듣고 있던 태민은 더 이상 말을 섞지 말라는 듯 태진에게 손을 저었다. 사실 태진도 대학을 안 다녀 본 입장이라 어떻게 설득해야 될지 난감했다.

"형이 회사 다닌 지 얼마 안 됐는데 공부 좀 할 걸 그랬나 하는 생각이 좀 들더라."
"왜? 영어 때문에?"
"들었어?"
"들리지. 이렇게 잔소리할까 봐 자는 척했지. 아까 들으니까 영어 뭐라고 막 얘기하더만."
"그래. 나라도 좀 미리 준비하고 편한 길을 가는 게 어떨까 해서 하는 말이야."

태은의 심드렁한 표정을 보면 전혀 설득이 된 것 같지 않아 보였다. 그런 태은이 오히려 태진을 한심하다는 듯 쳐다봤다.

"큰형은 생각이 좀 짧아."

그러자 태민이 의자에서 벌떡 일어나더니 태은에게 다가갔다.

"너 이 자식이 형한테 할 말이 있고 못 할 말이 있지. 대가리 좀 컸다고 이제 집에서 지가 제일 큰 줄 아네. 너, 일로 와!"
"큰형! 왜 보고만 있어, 좀 말려 줘! 아이 씨!"

"아이 씨? 아이이이씨?"

"아니! 그게 아니고! 큰형이 영어 못 읽는다고 공부한다는 게 답답해서 그러는 거라고! 아! 팔꿈치로 누르지 마! 개아파!"

이번만큼은 방관할 생각이었던 태진은 궁금함에 태민을 말렸다. 그러자 태은이 억울해하는 표정으로 입을 열었다.

"진짜 팔꿈치로 허벅지 누르는 건 어디서 배운 거야! 진짜 아파."

"방금 전에 한 말이나 얘기해 봐."

"큰형도 알고, 작은형도 알고 나도 알고 있는데. 큰형 미드나 영드 이런 거 볼 때 자막 없이도 보잖아. 맨날 보는 것도 아니고 처음 보는 것도 자막 없이 보는 거 많고. 그거 다 알아듣고 보는 거잖아."

"들리긴 하니까."

"그러니까!"

"뭐가 그러니까야?"

"서류를 읽어! 대화하는 것처럼 읽으라고! 무조건 가능하다에 한 표! 기다려 봐. 내가 책 가져 올게."

태은은 책상과 가방을 한참이나 뒤적거리더니 갑자기 익살스러운 표정으로 입을 열었다.

"사물함에 놓고 왔나 본데?"

"참고서 이런 것도 없어?"
"사물함에 있을걸?"

그때, 태은에게 귀찮다는 듯 손을 흔든 태민이 인터넷을 열더니 무언가를 검색했다. 잠시 뒤 검색을 끝낸 태민이 태진에게 말했다.

"여기 BBW 기사인데 한번 읽어 봐."

태진은 가만히 기사를 읽어 갔다. 그런데 회사와 있을 때와 별반 차이점이 없었다. 그때, 태은이 갑자기 소리쳤다.

"소리 내서 대화하듯 읽어야지."
"그런가. 이게 무슨 단어지⋯⋯."
"좀 나와 봐. 내가 보여 줌!"

태은은 형들을 밀쳐 내고는 자리에 앉더니 기사 내용을 파이온 번역 사이트에 복사했다. 그러고는 곧바로 음성 듣기를 누르자 스피커에 기계음이 들려왔다. 그것을 가만히 듣던 태진은 눈썹을 씰룩거렸다. 영어 공부를 안 하다 보니 단어를 제대로 읽을 수가 없었는데 그걸 번역 사이트가 해결해 주고 있었다.

"한국의 '사회적 거리 두기'라는 슬로건이 최근 해외에서도 사용되고 있다. 매사추세츠주에서는 적극적으로 해당 슬로건을 활용했고, 슬로건을 사용한 뒤부터 전보다 더 질서 있는 모습을 보였다."

완벽하진 않겠지만, 태은이 말한 대로 하자 정말로 들리고 있었다. 게다가 자신이 잘 읽지 못하는 영어 단어들도 제대로 알게 되었다.

"거봐! 내 말이 맞지? 미국에서도 대화는 되는데 읽고 쓰기가 안 되는 사람들 있거든? 그 사람들도 이렇게 한다고 그랬어. 큰형이 딱 그런 케이스잖아."

"그러네… 그런데 넌 이런 걸 어떻게 알았어?"

하찮은 눈빛으로 태은을 보던 태민이 대신 대답했다.

"공부하기 싫으니까 안 해도 된다는 이유를 찾으려다가 알았겠지."

"아니거든?"

"그럼 뭔데!"

"영어 회화 쉽게 하기 찾다가 안 거거든? 나중에 신혼여행 갈 때 대비해서."

"결혼은 또 하고 싶은가 보네."

"형들 보면 결혼은 물 건너간 거 같고, 나라도 엄마 아빠한테 손주 안겨 드려야지."

동생들은 또 투덕거리기 시작했고, 태진은 그런 동생들을 뒤로하고 방을 나왔다.

*　　　　*　　　　*

다음 날, 밤새 모르는 스펠링을 번역 사이트를 통해 듣고 외웠다. 하루 만에 가능할 리가 없었지만, 그래도 또 꿔다 놓은 보릿자루처럼 있는 거보다는 나을 거라는 생각으로 밤을 새워 가며 공부를 했고, 잠이 들면 출근을 못 할 것 같아서 일찍 나왔다. 그래서인지 사무실에는 아무도 없었다.

태진은 다른 직원들이 출근하기 전 하나라도 더 외울 생각으로 컴퓨터부터 켰다. 그러고는 어제 동생들이 알려 준 대로 소리 내 읽어 보기도 하고, 스펠링이 어려운 단어들은 번역 사이트에 검색해 듣고 있었다. 그렇게 시간을 보내고 있을 때, 태진이 갑자기 머리를 손으로 주물렀다.

'잠을 못 자서 그런가 약을 먹었는데도 두통이 안 가라앉네.'

평소에는 약을 먹으면 가라앉을 두통이 오늘은 약간 남아 있었다. 약 덕분에 참지 못할 정도는 아니었지만, 계속 신경이 쓰이게 만들었다. 그때, 누군가가 갑자기 등을 두드렸다.

"어? 수잔."
"톨! 아니지, 여기서는 뭐라고 불려요?"

"술이요……."

"똘, 술! 비슷하네! 이거 마셔요. 입도 안 댄 거예요."

수잔은 자신이 마시던 커피를 내려놓고는 태진이 거절할 틈도
주지 않고 입을 열었다.

"아무튼 왜 이렇게 일찍 나왔어요? 우리 팀이랑 있을 때하고
달라서 좀 섭섭한데?"

"아, 공부할 게 있어서요."

수잔은 모니터를 힐끔 보더니 해맑게 웃었다.

"영어 공부 하는구나! 나도 해야 되는데!"

"영어 잘하시는 거 아니에요?"

"나 못해요. 그래서 3팀에 안 가는 거잖아요. 가고 싶지도 않
지만!"

수잔의 솔직한 모습을 보자 마음이 편해졌다. 이게 바로 꿈꾸
던 회사 생활이었다. 태진은 웃으며 수잔에게 말을 걸었다.

"네, 그런데 수잔은 왜 이렇게 일찍 오셨어요? 벌써 출근 시
간… 아직 한 시간이나 남았는데요?"

"아! 오늘 김정연 작가하고 미팅 있거든요. 그래서 미리 준비
해야 될 게 있어서 일찍 왔죠."

그때, 바로 옆 사수의 자리에 있던 전화가 울리기 시작했다. 태진이 어떻게 해야 하는지 고민할 때, 수잔이 입을 열었다.

"받지 마요. 사람들이 말이야! 지금 출근 시간도 아닌데 상도 덕이 있어야지."
"그래도 될까요?"
"업무 시간이 괜히 있는 게 아니잖아요. 필요하면 나중에 알아서 전화 오겠죠. 그리고 급하면 휴대폰으로 할 텐데 사무실로 전화한 거 보면 거래처일 거예요."

수잔은 자신을 믿으라는 듯 가볍게 가슴을 두드렸다. 하지만 예상과 달리 전화벨 소리가 끊이질 않았다. 잠시 멈추기는 했지만, 또 걸었는지 전화벨이 다시 울렸다.

"아무도 없는데! 기다려 봐요. 내가 받아 줄게요. 여보세요?"

태진은 나서서 해결해 주는 수잔이 고맙기도 했고, 한편으로는 전화마저 못 받는 모습을 보여 주는 게 민망하기도 했다. 그런 복잡한 감정으로 수잔을 쳐다볼 때, 그녀의 표정이 더 복잡하게 변했다. 그리고 수잔이 갑자기 얼버무리기 시작했다.

"왓… 익스큐즈 미? 왓? 웨이트 프리즈! 웨이트! 웨이트!"

수화기를 막은 수잔은 잔뜩 긴장한 표정으로 태진을 쳐다봤다.

"이 사람, 영어로 말하는데요……?"

제3장
—

영국인

　너무 당황한 나머지 태진에게 도움을 청하려던 수잔은 아차
싶은 표정으로 고개를 돌렸다. 태진 역시 영어를 못해서 공부
중이었다. 수잔은 어떻게 해서든 수습을 하려고 했지만 딱히 방
법이 생각나지 않았는지 수화기를 막은 채 중얼거렸다.

　"괜히 받았어! 괜히 받았다고! 안 받았으면 업무 시간 아니었
다고 하면 되는데!"

　태진은 발을 동동거리는 수잔을 보며 잠시 고민했다.

　'될 거 같은데… 한번 해 보자.'

태진은 결정을 내리고도 잠시 무언가를 생각하고 나서야 수잔에게 손짓했다.

"제가 받아 볼게요."
"톨이? 톨도 영어 못하잖아요! 욕을 먹어도 차라리 내가 먹는 게 낫지! 아니, 통화를 일단 녹음을 해야지!"
"한번 받아 볼게요. 외국인하고 대화해 본 적은 없지만 혼자서 가끔 해 봤어요."
"그게 뭔 소리예요."
"일단 줘 보세요."

태진은 전화를 뺏어 가서는 귀에 가져다 댔다. 다만 자신의 소개를 어떻게 해야 될지 떠오르지 않았기에 대신 기침을 뱉었다. 그러자 수잔이 더 불안해하는 표정으로 다시 전화기를 뺏으려 할 때, 상대방이 입을 열었다.

─전화 받은 겁니까?

TV에서만 보던 외국인의 영어 발음이 굉장히 새로웠다. 마치 지금 자신이 미드에 출연하고 있는 것 같은 느낌이었다. 당연히 긴장도 됐지만. 태진은 떨리는 목소리로 조심스럽게 입을 열었다.

"네, 전화 받았습니다. 말씀하세요."

―음? 다른 사람이네요. 거기 한국 MfB맞나요?

"네, 맞습니다. 어떻게 연락하신 걸까요?"

수잔은 눈을 껌뻑거리며 태진을 쳐다보고 있었지만, 태진은 전화에 집중하느라 수잔을 볼 겨를이 없었다.

―그 MfB에서 오디션 보는 거 때문에 연락했어요.

"그건 제 권한 밖의 얘기 같군요."

―어려운 것도 아니고 그냥 나도 참가하고 싶다고요. 아주 작은 역할이라도!

"이곳이 어디인지 압니까?"

여러 가지 영화에서 나온 대사들을 떠올리며 대화하다 보니 순간 말이 잘못 나왔다. 지금 나온 대사는 영국 드라마에서 영국 비밀 정보부 요원이 사람을 구출하고 나온 대사였다. 상대방도 뭔가 이상한 모양인지 잠시 말이 없었다. 그러고는 잠시 뒤 무척 조심스럽게 입을 열었다.

―…MfB코리아 맞다고 그랬는데?

"맞습니다."

―뭐야. 잘못 건 줄 알았네. 난 단지 나도 오디션 볼 기회를 달라고 연락을 한 겁니다! 아주 작은 역도 괜찮은데 도대체 왜 기회를 주지 않는 겁니까! 나 K드라마 좋아해서 다 봤습니다! 내 딸도 좋아해서 꼭 참가하고 싶습니다!

상대방의 말을 듣던 태진이 고개를 갸웃거렸다. 왠지 익숙한 목소리였다. 하지만 누군지 떠올릴 틈이 없었다. 지금은 그저 알아듣기 위해 집중을 해야 했다. 그래서인지 빠른 말임에도 어떤 말을 하는지 이해는 되었다. 말이 들린다는 사실이 기쁜 것도 잠시, 대답을 하기 위해 대사들을 떠올렸다. 기왕이면 정중하게 말하고 싶었기에 '젠틀'이라는 영국 드라마에서 나온 대사를 따라 했다.

"당신의 꿈을 응원합니다."

—음? 다른 사람인가? 또 다른 사람이 받은 겁니까?

"아닙니다."

—그럼 도대체 뭔 소리를 하는 겁니까. 나한테도 기회를 달라고 하는데 MfB에서는 MfB코리아에서 진행하는 일이라고 그래서 전화했더니!

"이해합니다. 하지만 저희가 해 드릴 건 없군요. 참, 기회는 항상 당신의 곁에 있습니다. 당신이 꿈을 꾸는 이상 우연히 기회가 찾아올 수도 있고, 당신이 만들 수도 있는 게 기회입니다. 당신이 보인 열정이라면 우린 또 만나게 될 겁니다."

태진은 스스로도 놀랐다. 지금 한 대사의 주인공은 유명한 배우도 아니었는데 연기를 굉장히 잘했기에 좀처럼 따라 할 수 없는 사람이었다. 그동안은 비슷하긴 해도 완벽하진 않았는데 지금은 태진이 느끼기에도 너무 똑같이 따라 해 버렸다. 이랬던 적이 처음이었기에 태진도 놀랐다.

아마 상대방도 굉장히 멋있게 들었을 것이다. 그런데 상대측에서는 그저 혀를 튕기는 소리가 들릴 뿐 아무런 말도 없었다. 그러길 잠시, 상대방이 마침내 입을 열었다.

―어떤 말인지 알았습니다. 실례 많았습니다.

그 말을 끝으로 전화가 끊어졌고, 태진은 그제야 안도의 한숨을 뱉었다. 그다음 수잔을 보니 그녀가 해맑은 표정으로 눈을 깜빡거리고 있었다.

"톨! 완전 멋있어요!"
"아. 처음 대화해 보는 거라서 잘했는지 모르겠어요."
"아니, 그거 말고! 목소리! 영어 할 때는 목소리가 완전 다르네! 완전 섹시했어! 앞으로 나하고 대화할 때는 영어로만 말해요. 아니지! 내가 못 알아듣지! 영어 공부를 해야 되겠네! 중국어는 내가 알려 줄게요!"

태진이 흉내 낸 배우를 잘 모르는 모양인지 수잔은 연신 감탄을 뱉었다. 한참이나 태진을 칭찬하고 나서야 전화를 건 이유를 물었다.

"왜 전화한 거래요? MfB 본사예요?"
"그건 아닌 거 같았어요."

"그럼?"

"배우 같더라고요. 3팀에서 해외 배우들 섭외하잖아요. 그런데 자기한테도 기회를 달라고 하더라고요."

"어? 그거 이미 중요한 배역은 정해졌는데. 아마 약간 비중 있는 단역만 남았어요. 그거 오디션 내일모레 보는데 그거 말하는 건가?"

누가 얘길 해 준 게 없다 보니 태진은 전혀 모르고 있던 얘기였다.

"수잔은 어떻게 아세요?"

"헐! 4팀이면서 왜 3팀 일을 아냐 이 말로 들리는데? 사회적 거리 두기도 모자라 팀 간 거리 두기 하는 거예요?"

"아니에요. 궁금해서요."

"김정연 작가하고 PD가 오늘 밤 비행기로 미국 가거든요. LA 할리우드! 그래서 알죠."

"할리우드요? 할리우드까지 가서 봐요?"

"거기에 액팅 워크숍들도 많고 다른 영화나 드라마에 오디션 보려고 하는 배우들도 많아서 할리우드에서 하기로 했대요."

"아, 그렇구나."

태진은 3팀의 얘기를 4팀인 수잔에게 전해 듣는 이 상황이 웃겼다.

"아무튼 그래서 뭐라고 그랬어요?"

"제 권한이 아니라고. 하지만 당신의 꿈을 응원한다고 그랬어요."

"에이! 괜히 긴장했네. 그냥 배우 지망생 아니야. 난 또 MfB 본사라고! 내가 받을 걸 그랬네!"

수잔은 기회를 놓쳤다는 듯 아쉬워하며 손가락까지 튕겼다.

"하하하."

"어? 왜 웃어요? 지금 웃음소리 묘하게 이상했어요!"

가족 말고 이렇게 대화를 하며 웃을 수 있는 사람이 생겼다는 게 기뻤다. 자신의 표정에 대해 아무런 말도 하지 않고 있는 그대로 봐 주는 사람이 생긴 것 같았다. 사람들이 말하던 소소한 행복이라는 게 바로 이런 게 아닌가 하고 느껴졌다. 그때, 저쪽에서 사람이 걸어오는 소리가 들렸다. 그러자 수잔이 시간을 확인하고는 급하게 입을 열었다.

"출근하나 보네! 나도 가야지! 나중에 또 올게요. 톨! 아니, 술. 푸흡! 파이팅!"

마침 사무실로 들어오는 사람은 태진의 사수 '진'이었다. 수잔은 진에게 가볍게 인사를 하고는 도망치듯 4팀으로 가 버렸다. 그러자 진이 태진을 보며 말했다.

"4팀 사람이 왜 우리 팀에 있었던 거예요?"

"4팀에 있을 때 사수였던 분이라 지나가다가 인사차 들른 겁니다."

"음, 그래요."

대화가 또 이렇게 중단되었다. 방금 전까지는 소리까지 내면서 웃었는데 지금은 또 뭘 해야 될지도 모르는 채 멍하니 있어야 했다. 멍하니 있는 것보다 영어 공부라도 하는 게 낫겠다 싶어 인터넷을 여는 순간 방금 전 전화가 떠올랐다.

"아! 출근하시기 전에 전화가 왔었습니다."

"이 아침에 전화요? 어디에서?"

"미국에서 걸려 온 거 같은데요. 배우 같은데 드라마에 참여하고 싶다고 그랬습니다. 아! K드라마 팬이라고 했습니다. 그래서 꼭 참여하고 싶다고."

"네? 그걸 왜 우리한테 연락을 했대. 그래서 뭐라고 그랬는데요."

"그냥 응원한다고 그러고 말았습니다."

"뭐야, 이상한 전화가 걸려와."

잠시 관심을 보이던 진은 아무 일도 아니란 걸 알고서는 고개를 저었다. 그러고는 다시 자신의 일을 하려고 하다 말고 갑자기 태진을 쳐다봤다.

"근데 어떻게 알아들었어요? 상대방이 한국말로 했어요? 어제 영어 못한다고 했잖아요."

"잘은 아니고 간단하게 듣고 말하는 정도입니다."

진은 태진을 뚫어져라 쳐다보더니 갑자기 헛웃음을 뱉으며 고개를 저었다.

"술 씨."

"네."

"그래서 어디로 연락해 달래요?"

"그건 말하기도 전에 전화가 끊겨서 못 물어봤습니다."

"제대로 못 알아들은 거면 어쩌려고요? 만약에 중요한 전화인데 잘못 안 거라면 술 씨가 책임질 거예요? 그런 일 있으면 앞으로는 나 올 때까지 기다려요. 아무것도 하지 말고."

"네, 죄송합니다."

칭찬을 받을 줄 알았는데 오히려 받은 건 질책이었다. 태진은 쓸쓸하기는 했지만, 사수의 말도 맞았기에 애써 서운함을 감췄다. 그때 사수 진이 다시 물었다.

"그런데 우리 팀 연락처는 어떻게 알았대요?"

"아, 그건 못 물어봤습니다."

"봐요. 그런 걸 물어봐야지. 이름은 뭐라는데요?"

"그것도……."

"하, 알았어요. 일 봐요. 뭐, 중요한 전화면 또 오겠지."

태진은 씁쓸함을 삼키고는 다시 모니터를 쳐다봤다.

*　　　　　*　　　　　*

할리우드의 유명 배우 빌 러셀은 생각이 많은 표정으로 휴대
폰을 바라봤다. 전혀 예상하지 못한 대답을 들은 탓이었다.

"대디! 뭐래?"

"……."

"안 된대? 대디 진짜 유명하긴 한 거야?"

"유명하지. 그러니까 밖에만 나가면 사람들이 아빠 찍는 거 아
니야."

"그런데 왜 안 된대? 한국에서는 안 유명해?"

"유명하지! 예전에 한국 갔을 때 사람들 몰린 거 봤잖아."

"그런데 왜 안 된대!"

빌 러셀도 당황스러웠다. 예전에 같이 영화를 찍었던 동료를
통해 한국 드라마에 출연할 할리우드 배우를 섭외한다는 소식
을 듣게 되었다. 대상은 주연급 배우들이 아닌 조연급 배우들이
었기에 주연 위주로 배역을 맡은 자신은 대상이 아니었다. 하지
만 출연을 못 해 서운하거나 아쉬운 것은 하나도 없었다. 딸에

게 얘기하기 전까지는.

이제 13살인 딸이 K-POP과 K드라마의 광팬이었다. 빌 러셀도 딸 덕분에 웬만한 K드라마는 섭렵할 정도였다. 그런 딸에게 한국에서 새로운 드라마를 제작한다는 소식을 알려 준 게 기어코 이 지경까지 와 버렸다.

"그냥 한국으로 여행 가면 안 될까?"
"그거랑 다르잖아. 그리고 여행으로 가면 배우들 못 보잖아!"
"왜 못 봐. 아빠가 보려고 하면 다 볼 수 있어."
"아빠, 그렇게 권위적인 사람이었어?"
"…그런 말은 어디서 배운 거야."

좀처럼 설득이 되지 않았다. 이미 자신의 에이전시를 통해 출연하고 싶다고 밝혔지만, 에이전시에서는 출연료나 배역이 너무 작아서 가치가 없다는 답변을 내놓았다. 딸에게도 있는 그대로 알려 줬는데도 씨알도 먹히지 않았다. 그리고 이제는 단역밖에 없다는데 거기에 자신이 단역으로 출연하는 그림도 이상했다.

그래서 MfB 에이전시 소속인 친한 배우를 통해 힘들게 한국 MfB의 전화번호까지 알아내서 전화를 걸었다. 다른 배우들에게는 미안하지만, 딸에게 잘 보이기 위해서 좋은 배역을 뺏어 올 생각이었다. 그런데 고작 들은 답변이라고는 기회는 꿈을 꾸면 생기는 거라는 이상한 소리뿐이었다. 이제는 아무런 방법이 없었다. 그때, 딸이 쳐다보지도 않은 채로 입을 열었다.

"마미한테 데려다줘. 마미는 출연할 수 있을 거야. 다즐링 콘서트도 데려간다고 그랬어."

"다즐링? 다즐링이 뭔데."

"봐! 아빠는 내가 제일 좋아하는 그룹도 모르잖아."

"아! 알지. 당연히 알지! 지금 인기 있는 그룹이잖아."

"모르잖아. 미국에서 아는 사람 별로 없거든? 마미한테 연락이나 해 줘."

순간 빌 러셀의 몸이 움찔거렸다. 지금은 부인과 이혼한 상태였고, 전 부인 역시 배우였다. 문제는 그녀가 자신보다 더 최근에 영화에 출연했고, 그 영화가 굉장히 흥행했다는 것이다. 다만 자신과 달리 그녀는 이미 재혼을 한 상태였고, 딸은 전 부인의 지금 남편을 그다지 좋아하지 않았다. 그런데도 그녀와 비교까지 해 가며 한국에 가겠다는 걸 보면 고집을 굽힐 생각이 없는 듯 보였다. 지금 상황에선 애초에 이길 수 있는 상대가 아니었다.

러셀은 못 말리겠다는 듯 한숨을 뱉고는 입을 열었다.

"에이바, 아빠도 하려고 했는데 역할이 없대. 에이바 말대로 아빠가 아빠 이름 팔아서 다른 사람 배역 뺏으면 되겠어? 싫지? 그게 아니면 유명한 배우인 아빠가 엑스트라로 나와야 되는데 그럼 좋겠어?"

"상관없지. 내가 얼마 전에 드라마에서 봤는데 직업에 귀천은 없다고 그랬어. 그리고 새똥도 똥이라고 그랬어."

"아… 그놈의 한국 드라마."

"지금 N플릭스 보면 한국 드라마가 대세인 거 몰라? 내가 이러는 것도 다 대디를 위해서야! 대세를 따라야지! 그리고 대디가 연기를 잘하면 역할을 늘려 주겠지! 대디는 지금 그냥 하기 싫은 거잖아."

러셀은 헛웃음을 뱉었다. 딸의 말을 듣다 보니 방금 전 통화에서 기회는 꿈을 꾸는 자에게 생긴다고 했던 말이 떠올랐다. 꿈은 아니었지만, 노력을 해 보면 딸이 원하는 대로 기회가 생기지 않을까 하는 생각이 들었다. 러셀은 곧바로 휴대폰을 꺼내고는 정보를 준 동료 배우에게 전화를 걸었다.

＊　　　　＊　　　　＊

김정연 작가와 PD, 그리고 제작 팀은 LA 할리우드의 미리 대여해 놓은 세트장에 자리했다. 오디션은 이틀의 일정으로 잡혀 있었고, 첫날이 다 끝나 가는데 아직까지도 마음에 드는 사람이 없었다. 그래서인지 통역의 설명을 듣는 사람들의 표정도 전부 지쳐 있었다.

"그나마 조금 전 친구가 괜찮네요. 작가님이 보기에는 어떠세요?"

"말끔해 보이기는 하는데 날카로운 이미지는 아니네요."

"조금 낮춰서 하든가 아니면 한국에서……."

"한국에서 활동하는 외국인들은 제외라고 말했을 텐데요."

"그렇죠? 이미지가 너무 굳어져 있는 것도 있으니까… 그래도 지금 조연급 4명을 캐스팅해야 되는데 마음에 드는 사람이 한 명도 없어서……."

만약을 위해서 후보를 추려 놓기는 했지만 말 그대로 만약을 위해서였다. 김정연 작가가 원하는 배우는 기존 드라마들에서 나왔던, 지나가다 캐스팅해 왔을 것 같은 외국인 배우들이 아니었다. 배우면 배우답게 연기력이 밑받침이 되어야 하는데 지금 오디션을 보는 사람들은 한국에서도 흔히 볼 수 있는 사람들이었다. 김정연 작가는 한숨을 크게 뱉더니 양손으로 마른세수를 했다.

'기준을 너무 높게 잡았나.'

한국이 아니라 미국까지 온 이유에 정당성을 부여하기 위해서 자신이 기준을 너무 높게 잡은 건 아닌지 생각했다. 주연도 아니고 조연을 뽑는 것이었다. 사실 정확히 말하면 비중 있는 단역이라고 보는 게 맞았다. 그런 단역을 캐스팅하기 위해 오디션을 진행하는 건 그만큼 드라마의 완성도를 높이고 싶어서였다. 그렇기에 지금까지는 중요한 캐스팅에만 참여했었는데 이번 작품에는 아주 작은 역할까지 마음에 드는 사람을 찾고 있었다. 자신이 글을 쓰며 상상했던 이미지를 가진 사람들을.

한참 뒤, 이제 오늘 오디션 참가자들이 몇 명 남지 않았을 때, 갑자기 세트장 밖에서 소란스러운 소리가 들렸다. 가뜩이나 원하는 배우가 없어서 예민한데 오디션 도중에 소란스러운 소리가 들리자 인상이 찡그려졌다.

소란이 금방 잠잠해질 거라고 생각했는데 그런 생각과는 달리 소리가 점점 커졌다. 무슨 말을 하는지 큰 소리가 세트장 안까지 들려왔다. 그러자 PD가 통역사에게 무슨 일인지 알아봐 달라고 부탁했다.

잠시 뒤, 통역사가 이번 오디션의 진행을 맡은 미국 MfB의 직원과 함께 들어왔다. MfB직원은 통역사에게 무언가를 말했고, 통역사는 곧바로 작가와 PD에게 이를 전달했다.

"지금 서류상으로는 3명이 남았는데 대기하는 사람이 한 명 더 있답니다."

"음? 내일 참가자인데 잘못 안 거 아닌가요?"

"그래서 물어봤는데 막무가내로 오늘 오디션 봐야 된다고 버티고 있답니다. 금방 정리한다고 하네요."

"여긴 어떻게 들어왔는데요? 앞에서 출입 관리 했을 거 아니에요."

"저도 물어봤는데 그게 사람이 많다 보니 오디션 참가자라고 해서 입장시켰답니다. 막 들어온 거면 걸렀을 텐데 6시간째 기다리고 있어서 참가자 맞는 줄 알았다네요. 그런데 서류상 인원하고 남아 있는 인원이 안 맞아서 확인했더니 명단에 없는 참가자라고 하네요."

"관리 하고는."

"죄송하다고 그러네요. 금방 정리하겠답니다."

대화를 하는 와중에 소란이 더 커졌다. 무슨 말을 하는지 엄청나게 큰 목소리가 들려왔다. 김정연 작가는 인상을 찡그리며 통역사에게 말했다.

"저 사람부터 들어오라고 하고 빨리 내보는 게 빠르겠네요."

통역사에게 내용을 전해 들은 MfB 직원은 연신 사과를 하더니 빠르게 대기실로 달려갔다. 그러자 PD가 김정연 작가의 기분을 풀어 주려 입을 열었다.

"땅이 넓어서 그런지 이상한 사람도 많네요."

"관리를 어떻게 하는지."

"대충 오디션 보는 척하고 바로 내보내면 되겠죠?"

"그래요. 사람들이 예의가 없어."

그때, 대기실에 있던 사람이 세트장으로 들어왔다. 굉장히 큰 키에 검은색 후드티를 머리까지 뒤집어썼고, 마스크까지 쓰고 있었다. 마치 길거리에서 생활하는 부랑자처럼 보였다. 통역사가 배우에게 어떤 연기를 해야 되는지 설명하는 사이, PD는 그럼 그렇지란 표정으로 한숨을 뱉었다.

"노숙자인 거 같죠? 그러니까 이런 데서 소란 피우지."

하지만 김정연 작가의 표정은 달랐다. 고개를 갸웃거리며 들어와 있는 사람을 세세히 살폈다.

"노숙자 아닌 거 같네요."
"딱 봐도 노숙자 같은데요?"
"노숙자가 3,000달러가 넘는 바지를 입을 리가 없잖아요."
"네? 저 찢어진 바지가요?"
"제프우드 & 헤슬에서 나온 바지예요. 구하기 힘든."

PD는 혀까지 내밀고는 들어온 사람을 쳐다봤다. 좀처럼 믿을 수가 없었다. 아무리 봐도 노숙자 같았다. 그때, 통역사에게 설명을 들은 배우가 고개를 끄덕거리더니 고민도 없이 입을 열었다.

"당신의 지금 신분이 신이 아니라는 것쯤은 알 텐데. 혹시 잊은 건가? 그럼 내가 당신을 죽일 수 있다는 것도 모르는 건가? 지금은 아니지. 체벌을 받는 중에 이렇게 평행 세계에 혼란을 일으키는 짓이 계속된다면 곧 알게 되겠지."

이 남자의 연기는 마치 가상의 상대방이 보이는 듯했다. 마스크를 쓴 채 턱을 치켜세우고 차갑게 뱉는 말투를 보아 상대방은 힘을 쓸 수 없는 상황에 놓여 있는 것처럼 보였다. 그리고 그건 대본에 나온 것과 일치했다. PD도 범상치 않다는 걸 느꼈는지 곧바로 작가에게 속삭였다.

"느낌 좋은데요? 완전 얼음장 같은 느낌."
"그렇네요."

김정연 작가는 재미있다는 표정으로 통역사에게 물었다.

"상황 설명도 해 줬어요?"
"아니요. 그냥 저 대사만 읽어 보라고 했죠."
"다른 설명은요?"
"그게… 두 분이 대충 보고 내쫓는다고 하셔서… 설명을 대충 했어요. 죄송합니다."
"아니에요."

김정연은 너무 기분이 좋았다. 자신이 딱 상상하던 날카롭고 차가운 이미지였다. 얼굴을 제대로 보지도 않았는데 목소리만으로도 합격이었다.

김정연은 배우를 향해 손을 튕겨 마스크와 모자를 벗으라는 시늉을 하고는 기대되는 표정으로 지켜봤다. 그런데 앞에 있는 배우의 행동이 조금 이상했다. 후드티에 손을 올리기는 했는데 굉장히 고민하는 듯 보였다.

"외모에 자신이 없나? 후, 그냥 참고하려고 그러는 거니까 모자랑 마스크 좀 벗으라고 해 줄래요?"

통역사가 다시 말을 했음에도 굉장히 고민하는 듯 보였다. 슬슬 짜증이 나려던 찰나, 배우가 고개를 절레절레 젓더니 결국 후드티를 벗었다. 그러자 살짝 눌리긴 했지만, 깔끔하게 정돈된 금발이 보였다. 그것만으로도 상당히 잘생긴 느낌이었다. 만약 하관이 이상하다면 캐릭터에 마스크를 쓰는 이유를 만들어서라도 참여시키고 싶었다. 그때, 배우가 남아 있던 마스크마저 벗었다.

"오… 어……?"
"대박, 완전 잘생겼네. 작가님, 대박이죠? 어……? 어?"

작가와 PD는 물론이고 스태프들마저 모두가 이상하다는 듯 '어?'만 뱉어 댔다. 그러길 잠시, 스태프들의 웅성거리는 소리가 시끄럽게 들렸다. 너무나 익숙한 얼굴이었다. 김정연 작가도 혹시나 했지만, 아무리 봐도 자신이 아는 배우였다.

"…빌 러셀?"

김정연 작가의 말이 시발점이 되었다. 아까 있던 소란과는 비교도 되지 않을 정도로 다들 시끄러운 말들을 뱉어 댔다.

"진짜 빌 러셀인가 봐!"

"나 진짜 좋아하는데. 어우 소름 돋아!"

"진짜 잘생겼네."

그저 자신들의 눈앞에 빌 러셀이 있다는 것에 정신이 팔려서 이곳에 왜 할리우드의 유명 배우가 있는지는 아무도 중요하게 생각하지 않았다. 그나마 정신을 잡고 있던 김정연 작가도 평소보다 상기된 표정이었다. 혹시나 할리우드의 유명한 배우들을 따라 하는 사람이 아닌가 싶었지만, 그는 이미 연기로 자신이 배우임을 증명했다. 그때, 빌 러셀이 얼굴을 찡긋거리며 웃더니 고개를 가볍게 숙이며 말했다.

"아령하쎄오? 난 빌 러셀입니다."

러셀이 한국말로 인사를 하자 다시 요란한 소리가 들렸다. 러셀은 자신을 향한 환호에도 여유로운 표정으로 짓고는 사람들에게 손까지 흔들었다. PD는 아예 넋이 나간 표정으로 작가에게 말했다.

"우리 드라마 대박 나겠어요!"

"그래야죠."

"빌 러셀이에요! 사이트 시리즈 주연! 빌 러셀! 빌 러셀이 우리 드라마 출연하겠다고 오디션을 보는 게 말이 돼요? 세계적인 배우가 우리 드라마에 오디션을 보러 왔다니!"

PD의 말 덕분에 김정연 작가는 평소만큼은 아니더라도 흥분을 가라앉힐 수 있었다.

"세계적인 배우는 출연하면 안 돼요? 내 글이 격이 떨어지나?"

"아니! 그런 말이 아니라요… 당연히 작가님 작품 좋죠. 그러니까 오디션까지 보러 온 거겠죠."

김정연은 기분이 상했는지 PD의 말에 대답도 없이 말을 돌렸다.

"아마도 그냥 재미 삼아 들른 거 같군요."

"재미 삼아요? 아… 하긴 출연할 거면 소속사를 통해서 조인을 했겠죠? 혹시 몰카 이런 건가?"

세트장을 이리저리 둘러보던 PD가 갑자기 고개를 빠르게 돌렸다.

"그런데 아까 6시간 기다렸다고 그러지 않았어요? 재미 삼아 6시간을 기다린 건 좀 이상한데요?"

김정연도 그제야 이상함을 느꼈다. 그때, 빌 러셀이 갑자기 무언가를 말했고, 통역사가 급하게 입을 열었다.

"질문 안 합니까? 라네요."

"아."

빌 러셀의 등장에 놀라 질문도 하지 않은 채 사람을 세워 두고 있었다. 김정연은 PD에게 질문을 하라는 눈빛을 보냈고, PD가 곧바로 질문을 시작했다.

"해외 촬영도 있지만 한국에서 촬영하는 장면이 많습니다. 특히 1화 같은 경우는 한국 촬영이 대부분인데 배역을 맡게 되면 스케줄에 문제는 없을까요?"

"없습니다."

다른 참가자들과 똑같은 질문이었다. 대답도 특별할 것 없이 똑같은 대답이었다. 질문을 마친 PD가 다 됐냐는 표정으로 김정연을 봤다. 그러자 김정연이 메모로 가득 적힌 종이를 보며 말했다.

"왜 한국 드라마의 오디션에 출연한 거죠?"

"좋아하거든요. 특히 이번 작품을 쓴 작가가 참여한 드라마를 좋아합니다. '영원의 도시', '강철의 군주' 등 대부분 재밌게 봤습니다. 캐릭터가 하나하나 살아 있는 느낌을 받았어요. 물론 배우들의 연기도 중요하겠지만, 탄탄한 구성이 캐릭터를 살아나게 만든 것 같았습니다. 그래서 이번 드라마에 출연하고 싶다는 생각에 오디션을 보게 됐습니다."

통역사에게 전해 들은 김정연은 미소를 숨기기 위해 헛기침을 하며 코를 훔쳤다. 그리고 스태프도 마찬가지였다. 자신들을 칭찬한 것도 아닌데 스태프들의 어깨가 잔뜩 올라갔다.

"그런데 오디션 소식은 어떻게 안 거죠? 비밀은 아니어도 기사를 내보낸 것도 아닌데."

"작품에 참여하는 배우를 통해 들었습니다. 저도 참여하고 싶어서 일부러 제가 알아봤죠."

"그럼 다른 배역에 출연할 수도 있었을 텐데 굳이 오디션을 본 이유를 알고 싶군요."

"음, 이미 배역에 몇몇 배우들을 정해 놓고 진행된 상태라고 들었어요. 그런데 내가 하겠다고 하면 작품의 이미지를 해칠 수도 있고, 다른 배우들의 배역을 뺏게 되는 경우가 생길 거 같더군요."

"외모만큼 마음도 착하네. 아, 이건 통역하지 마요."

대화를 나눌수록 더 마음에 들었다. 점점 출연을 시키고 싶다는 욕심이 생겼다. 그때, 러셀의 말이 이어졌다.

"사실 그래서 다음 작품을 기다려 볼까도 했는데 아쉬울 것 같더라고요. 그래서 여기저기 직접 전화해서 알아봤습니다. 그러다 한국 MfB에까지 연락했거든요. 그때, 전화 받은 사람이 그러더라고요. 내가 꿈을 꾸는 이상 기회는 항상 곁에 있다고."

"음… 멋진 말이네요."

"발음은 좀 이상했어요. 영국 사람 같더라고요. 그 말을 듣고 나니까 내가 참가할 수 있는 기회가 있다는 게 보이더라고요. 이 오디션 말이죠."

러셀은 민망함을 숨기려 미소를 연기하며 대답했다. 사실 딸 때문에 오디션을 봤다고 하려고 했는데 사람들이 모두 자신을 알아보는 모습에 그대로 말할 수가 없었다. 딸이 출연하라고 해서 오디션을 봤다고 하는 건 그림이 이상했다. 그래서 최대한 포장을 해서 대답을 했고, 상대방도 마음에 들어 하는 눈치였다. 정작 중요한 문제에 대해서는 질문하지 않고 있었지만. 그때, 러셀이 생각하던 질문이 들렸다.

"직설적으로 물어보죠. 출연료는 어떻게 생각하시나요?"

*   *   *

빌 러셀의 등장에 들떠 있던 PD는 그제야 문제가 있다는 것을 깨달았다. 제작비는 정해져 있었고, 배우들에게 지급될 출연료 역시 제작비 안에 포함되어 있었다. 이미 잡아 놓은 예산안에 빌 러셀의 출연료는 없었다. 출연료를 아무리 낮게 측정을 한다 해도 오늘 오디션 본 모든 배우들을 출연시켜도 빌 러셀의 출연료보다 낮을 것이었다.

비교적 극 중 그렇게 중요한 배역이 아닌데 많은 예산을 투자

하는 건 힘들었다. 물론 무리를 해서라도 출연시킬 수야 있지만, 그렇게 되면 다른 부분에서 빼 와야 할 수밖에 없었다. 그건 다른 배우들의 출연료가 될 수도 있었고, 제작비가 될 수도 있었다. PD는 너무 아쉬웠다. 혼자 오디션을 봤다면 어떻게 해서든지 빌 러셀을 출연시킬 것이었다. 하지만, 김정연 작가는 아닌 표정이었다. 지금도 극의 완성도를 높이기 위해 미국에서 오디션을 보는 건데 다른 부분이 무너지는 걸 원치 않을 것이었다. 게다가 이미 김정연 작가의 메모에는 말도 안 되는 액수가 적혀 있었다.

'최근 출연한 영화에서 1,500만 불을 받았는데… 고작 5억?'

아무리 주연이 아니라고는 하나 자신이 받던 출연료의 10%도 안 되는 액수는 섭외를 하지 않겠다는 말로 들렸다. 그때, 질문을 받은 빌 러셀이 입을 열었다.

"출연료가 참 중요하죠."

액수를 정확히 말하지 않는 모습에 김정연 작가도 약간은 아쉬워하는 표정으로 말을 이었다.

"한국 드라마는 회당 출연료를 받고 있어요. 그리고 한국의 드라마 시장은 아주 잘나가는 주연배우들의 경우 회당 1억 정도 받기도 하죠."

김정연 작가는 정확한 액수를 말하지 않고 한국 드라마 시장을 먼저 설명했다. 그렇게 다른 배우들의 출연료까지 설명을 하고 나서야 빌 러셀에게 제안을 했다.

"빌 러셀 씨가 배역을 맡게 되면 총 5회 등장하게 될 겁니다. 출연료는 한국의 주연배우급으로 책정해 드릴 수 있습니다."

나름 자신들이 할 수 있는 최고의 제안이라는 점을 내세웠다. 하지만 PD를 포함해 제작 팀 모두가 물 건너갔다고 생각했다. 아니나 다를까 빌 러셀이 어깨를 으쓱거리며 말했다.

"그 제안은 별로군요."

김정연 작가도 아쉽기는 했다. 하지만, 어차피 생각도 안 했던 배우였기에 없는 셈 치면 그만이었다. 그때, 빌 러셀이 말을 이었다.

"제가 제안을 해도 될까요?"
"말씀해 보세요."
"가족과 함께 촬영 현장을 견학해도 된다는 게 첫 번째 조건."

전혀 어려운 조건이 아니었다. 다만 출연료를 말하랬더니 왜 이런 조건을 말하는지 알 수 없었기에 김정연은 가만히 듣고만 있었다.

"아! 이건 내가 촬영하는 장면이 없더라도 원할 땐 언제나 현장을 견학한다는 말입니다."

전혀 어렵지 않은 조건이라고 생각할 때, 러셀의 말이 이어졌다.

"촬영이 시작되고 끝날 때까지!"

사전제작으로 진행되기에 보통 몇 달이 걸리는데 그걸 다 지켜보겠다는 말이 이상하게 들렸다. 김정연은 설마 그렇게까지 할까 생각하고는 러셀의 조건을 더 들어 보려고 질문을 했다.

"다른 조건도 있나요?"
"네, 차도 필요합니다. 기사 없이 내가 운전할 수 있는 차. 그리고 굉장히 튼튼하고 안전한 차여야 하고요. 그리고 숙소는 '영원의 도시'에 나온 펜션이어야 합니다."

도대체 왜 이런 시답잖은 조건을 내세우고 있는 건지 이해가 되지 않았다.

"그건 세트장이라서 불가능하군요."

"음……? 하긴… 너무 아름다운 게 그럴 거 같긴 했는데… 그 바다 뷰가 인상적이었는데."

"아! 실내는 세트장이지만, 뷰가 보이는 장면은 실제 펜션이 맞습니다."

"오! 그럼 거기로!"

그 뒤로도 빌 러셀은 이상한 조건들을 걸었다. 하지만 정작 출연료에 대한 얘기는 없었다. 작가와 PD는 조건을 들어주면 혹시나 출연료를 낮출 수 있을까 하는 마음에 계속 러셀의 조건을 듣고 있었다. 그때, 말을 마친 러셀이 입을 열었다.

"이게 제 조건입니다."

"그렇군요. 그럼 출연료는 에이전시와 얘기를 해야 되는 건가요?"

"노! 이번에는 에이전시와는 상관없는 일정이죠."

"문제가 생기는 건 원치 않는데요."

"문제가 왜 생기죠? 에이전시에서 추천한 시나리오에 이 작품은 없었거든요. 내가 찾은 작품에다가 클라이언트인 내가 하겠다는데 에이전시하고 문제 될 건 없습니다. 물론 돈 되는 작품을 하라고 설득은 하겠지만. 그리고 출연료는 지금까지 내가 말한 조건들이고요."

러셀의 말을 들은 통역사마저 자신이 잘못 들은 건 아닐까 헷

갈려 하며 작가와 PD에게 통역해 주었다. 그러자 작가와 PD도
못 믿겠다는 표정이었다.

"그러니까, 방금 말한 조건들만 우리가 받아들이면 출연료는
받지 않겠다는 건가요?"
"그렇죠."

말도 안 되는 출연료였다. 그것도 제작 팀에서 제의를 한 것
도 아니고 빌 러셀이 스스로 찾아와 이런 제안을 하고 있었다.
그러다 보니 세트장 안의 모든 사람들이 눈만 껌뻑이고 있었다.
그때, 러셀이 어깨를 으쓱거리며 입을 열었다.

"어려운 건가요? 어떤 조건이 어려운지 말해 주면 서로 조율
해 보죠."

*   *   *

모든 오디션 일정을 마칠 때까지 기다리던 빌 러셀과의 미팅
이 끝났다. 그가 돌아간 뒤에도 김정연 작가와 PD는 지금 이 상
황이 쉽게 믿어지지 않았다.

"빌 러셀하고 일을 하다니… 작가님 덕분에 해외 톱배우하고
일을 하게 되는군요!"

PD는 낮에 했던 말실수를 떠올리며 조심스럽게 작가를 칭찬했고, 김정연은 칭찬이 나쁘지 않은지 가볍게 웃었다.

"이 조건들, 어렵지 않겠어요?"

"어렵긴요! 무조건 들어줘야죠. 이 정도면 엄청 쉽죠. 오히려 우리 배우들이 더 까탈스러운데요?"

"그래도 어려울 거라 생각했는데 다행이네요. 그런데 에이전시하고 부딪힐 일은 없을까요?"

"다 알아봤죠. 아까 MfB하고 얘기했을 때, 그쪽은 배우 섭외가 아니라 오디션만 열어 주는 거라고 했거든요. MfB는 문제없고, 빌 러셀 에이전시하고만 얘기가 잘 끝나면 될 거 같습니다. 아무튼 저희도 운영 팀에 빨리 보고를 해서 계약을 서두르는 게 좋을 거 같은데요."

김정연 작가는 만족스러운 표정으로 고개를 끄덕거렸다. 드라마의 완성도를 높이겠다는 의지 하나로 미국까지 왔는데 하늘이 돕는 것 같았다. 그때, 문득 아까 빌 러셀이 했던 말이 떠올랐다.

"꿈을 꾸는 이상 기회는 항상 곁에 있다… 그 말이 맞았네."

"아! 그 말 멋있었죠?"

"네, 마음에 드네요."

"이번에 MfB에 섭외 맡기길 정말 잘한 거 같아요. 이정훈 씨도 데려오고. 거기에 빌 러셀한테도 오디션 보라고 추천도 하고.

괜히 MfB, MfB 그러는 게 아니네요."

김정연 작가도 동의한다는 듯 웃으며 고개를 끄덕거렸다.

*　　　　　　*　　　　　　*

빌 러셀은 집에 들어서자마자 양손을 모아 입으로 가져갔다.

"에이바! 에이바!"

크게 소리쳤는데도 아무런 반응이 없었다. 그때, 딸을 돌봐주는 도우미가 나와 소파를 가리켰다. 러셀은 웃으며 소파로 걸음을 옮겼다. 딸에게는 오디션을 본다고 말하지 않았다. 오디션을 보러 간다는 것도 이상하고 만에 하나라도 떨어질 수 있는 걸 대비해서였다. 하지만 이제는 말을 해도 됐다. 말뿐이 아니라 자랑을 해야 될 시간이었다. 러셀은 아직 토라져 있는 딸의 옆에 털썩 앉았다. 마침 TV에는 한국 드라마가 나오고 있었다. 딸이 가장 좋아하는 '영원의 도시'였다.

"이야, 저긴 언제 봐도 아름답단 말이야."

"……"

"저 테라스에 햇살 비치는 거 봐."

"……"

"저런 데에서 아침 먹으면 엄청 좋겠지?"

"……."

"거기다가 저 배우도 만나면 더 좋겠지?"

그제야 딸이 소파에서 일어나 앉았다. 어느 정도 눈치를 챘는지 눈을 반짝거리고 있었다. 러셀은 그런 딸이 귀여운지 활짝 웃으며 말했다.

"갈까?"

"진짜? 그냥 놀러? 그냥 놀러 가는 거면 됐어."

"왜?"

"바쁜데 내가 방해하는 거잖아. 그런 거면 됐어."

"방해 아니지! 아빠도 일하러 가는 건데!"

"진짜? 진짜로?"

"그럼!"

"무슨 역인데? 주인공이야? 아… 외국인이 주인공이면 이상한데."

"아빠가 왜 외국인이야?"

"드라마 안에서 말이야."

드라마에 빠지다 못해 자신을 한국 사람인 줄 아는 모양이었다. 그럼에도 러셀은 딸이 귀엽다는 듯 웃으며 말을 이었다.

"작은 역이야. 원래는 주인공 하라고 그랬는데 그러면 너무 바쁘잖아. 배우들도 만나 보고 드라마에 나온 곳도 구경 가고 그래야 되는데 바쁘면 안 되잖아. 그래서 일부러 작은 역 골랐지."

"진짜? 언제 가는데?"

"아직 일 안 잡혔는데 곧 알려 줄 거야. 좋지?"

"완전 좋아! 봐! 아빠가 해낼 줄 알았어!"

딸에게 칭찬을 받으며 좋아할 때, 휴대폰이 울렸다. 번호를 보니 자신의 에이전시였다. 오면서 통화를 하며 작품에 대해 얘기를 한 상태였다. 러셀은 딸에게 휴대폰을 보여 주며 자리에서 일어나 밖으로 나와 전화를 받았다.

─진짜 그 작품을 하실 겁니까?

"몇 번을 말해야 돼요? 무조건 한다니까!"

─저희가 보낸 대본 중에는 크리스만이 감독인 영화도 있습니다. 그 외에도 좋은 작품이 많은데 그걸 포기하고 한국 드라마에 출연하겠다는 겁니까?

"나중에도 좋은 작품이 있을 거고. 지금 나한테는 한국 드라마가 가장 좋은 작품입니다."

─그래서 출연료도 받지 않고 출연을 하겠다는 거고요? 그건 잘못된 선택입니다. 지금은 괜찮더라도 나중에 러셀 씨가 다른 작품에 출연을 할 때, 지금 일과 비교하면서 출연료를 낮춰 부를 수 있습니다.

"상관없죠. 나 돈 많은데. 아! 그쪽이 문제구나. 그럼 그냥 여행 다녀온다고 생각해 줘요. 나도 미안하니까 사람 붙여 달라거나 도와 달라고 안 하잖아요. 다녀와서 좋은 작품 있나 찾아볼 테니까 지금은 내가 하고 싶은 대로 하게 돼요."

통화를 마친 러셀은 눈썹을 씰룩거렸다. 앞으로도 에이전시의 설득은 계속되겠지만, 이미 마음을 굳혔다. 물론 에이전시에서 도움을 받지 못하는 것이 불안하기는 했다. 그래도 크게 걱정되지 않았다. 이번에 오디션을 보면서 깨달은 바가 있었다. 어려울 것 같다고 생각한 일도 막상 부딪혀 보면 쉽게 해결되기도 했다. 해 보지 않고는 알 수가 없었다.

'꿈을 꾸면 기회는 항상 곁에 있다는 게 맞네.'

*　　　　*　　　　*

회사에 자리한 태진은 뒤통수를 벅벅 긁었다. 회사에서 시키는 일이 없다 보니 시간이 많이 남았고, 그 시간에 놀기보다는 영어 공부를 하고 있었다. 그런데 공부를 하면 할수록 자신의 머리가 좋은 건지 나쁜 건지 헷갈렸다. 영화나 드라마에 나온 대사는 쏙쏙 외워지는데 이상하게 영어 단어는 머릿속에 들어오지 않았다. 외웠다 싶다가도 조금 있으면 잊어 먹었다. 지금도 어제 외웠던 영어 단어를 보고 있는데 100개 중에 실상 기억나는 건 몇 개 없었다.

"너무 어렵게 접근하지 말아요. profligate? 이런 말은 잘 쓰지도 않아요. 낭비한다고 할 때 보통 waste를 쓰죠."

고개를 돌려 보니 이번에 같이 팀에 합류한 신입 직원이었다. 누가 본다면 굉장히 친절하다고 생각할 테지만, 태진은 그렇게 느끼지 않았다. 친절한 말투와 다르게 표정이 마치 자신이 위에 있다는 것처럼 보였다. 지금도 자신이 위에 있다는 걸 확인하고 싶어 일부러 다른 사람들에게 들릴 정도로 크게 말하고 있었다. 그래서 이쪽을 보는 사람들이 있었기에 태진도 예의 바르게 행동해야 했다.

"감사합니다."
"감사는요. 같은 신입끼리."

그때, 옆에 있던 사수의 시선이 느껴졌다. 사수는 다른 신입을 한 번 쳐다봤다가 태진을 보고는 한숨을 뱉었다. 눈빛만으로도 자신과 이 신입 직원을 비교하고 있다는 것이 느껴졌다. 그때, 3팀을 이끄는 자 팀장이 갑자기 자리에서 일어났다.

"우리 팀에 영국 사람이 있어?"

*   *   *

3팀 전체가 팀장에게 시선이 쏠렸다. 농담이라고는 모르는 사람이 이상한 말을 하고 있었다. 태진도 혹시 영국 사람이 있는지 다른 팀원들을 살폈다. 그때, 팀장이 의아한 표정으로 다른 질문을 했다.

"그럼 빌 러셀 전화 받은 사람?"

이번에도 조용했다. 4팀 같았으면 누구 하나가 나서서 무슨 일인지 물었을 텐데 3팀은 그런 것은커녕 질문에 대답도 없었다. 마치 범인을 찾듯이 서로를 살피기 바빴다. 그러자 팀장이 그럴 줄 알았다는 듯 콧방귀를 뀌더니 입을 열었다.

"이럴 줄 알았지. 우리 팀에 영국인이 왜 있어. 미국 MfB에 연락하고 우리로 착각했을 거라고 그렇게 말했는데 아니라더니만, 참."

그제야 팀원들은 자신들에게 피해가 가는 일이라는 걸 알아차렸는지 하나둘씩 질문을 했다.

"빌 러셀이 왜요? 무슨 일 있어요?"
"멀티박스 운영 팀에서 연락이 왔는데 빌 러셀이 이번 김정연 작가 드라마에 출연한단다."
"네……? 빌 러셀이요? '신을 품은 별' 말씀하시는 거 맞아요?"
"맞아. 오디션 보는 곳까지 찾아와서 오디션 봤단다."

다들 말도 안 된다는 표정이었다. 작품을 골라 해도 모자랄망정에 오디션에 참가했다는 건 말이 안 됐다. 그러자 말을 한 팀장이 억울한 표정으로 말했다.

"내가 말한 거 아니다. 나도 안 믿었어."

"정말이에요? 빌 러셀이 진짜 신품별에 출연해요? 무슨 배역으로요? 저희가 배우들하고 계약해서 배역 꼬이면 곤란한데."

"나도 그래서 물어봤는데 중요한 역할도 아니래. 아무튼 오디션 본 이유 중에 가장 큰 이유가 MfB의 영국인 때문이란다."

빌 러셀이라면 태진도 알고 있는 배우였다. 예전에는 연기력이 별로였는데 '사이트'라는 첩보 영화에 출연하면서부터 연기력에 물이 오른 배우였다. 그리고 순간 며칠 전에 받았던 전화가 떠오르면서 그때 익숙했던 목소리가 지금 생각해 보니 빌 러셀의 목소리 같았다. 태진은 설마 자신 때문인 건가 생각하며 대화에 집중했다.

"전화 받은 영국인이 자기들이 해 줄 수 있는 게 없다면서 오디션 보라고 했단다."

태진은 그런 말을 한 적이 없었다. 아무래도 자신이 아닌 것 같았다. 그때, 팀장이 말을 이었다.

"뭐? 꿈을 꾸는 이상 기회는 항상 곁에 있을 거라고 그랬다나 뭐라나. 그래서 기회 잡으려고 오디션 참가했대."

그제야 태진은 말이 와전되었지만 자신이 통화했던 사람이 빌 러셀이란 걸 알아차렸다. 그때는 이름도 밝히지 않았고 빌 러셀 이 직접 전화할 거라는 생각도 못 하고 있었기에 그저 오디션에 참가하려는 배우라고만 생각했다. 그런데 빌 러셀이라니, 태진은 너무 놀라 혼자 중얼거렸다.

"오디션 보라고는 안 했는데⋯⋯."

옆자리에서 태진의 말을 들은 사수가 어이없다는 표정으로 태진을 위아래로 훑었다. 그러고는 피식 웃더니 말을 이었다.

"술 씨, 영국 살다 왔어요? 영국인 찾는데 왜 술 씨가 오디션 을 보라 마라 그런 말을 해요."
"아⋯ 제가 전화를 받은 거 같아서요."
"네?"
"얼마 전에 아침에 말씀드린 전화가 빌 러셀 전화 같아요."
"영어 할 줄 모른다면서요."
"그게⋯ 어느 정도는 알아들을 수 있긴 해요. 그래서⋯ '젠틀' 에 나오는 대사를 따라 했거든요."
"젠틀? 그게 뭔데요."
"영국 드라마인데⋯ 회사 생활을 하는 드라마예요."

팀원들 모두가 어이없다는 표정으로 태진을 봤다. 많은 사람들에게 저런 시선을 받는 건 예전에 주변으로부터 불쌍하다는 시선을 받는 것과 비슷하게 기분이 별로였다. 특히나 같은 신입직원은 조롱에 가까운 미소를 짓고 있었다. 그때, 팀장이 태진을 가리키더니 말했다.

 "한번 해 봐요."

 태진은 자신을 믿지 못하는 팀원들을 훑어보고는 목도 가다듬지 않고 바로 입을 열었다.

 "이해합니다. 하지만 저희가 해 드릴 건 없군요. 참, 기회는 항상 당신의 곁에 있습니다. 당신이 꿈을 꾸는 이상 우연히 기회가 찾아올 수도 있고. 당신이 만들 수도 있는 게 기회입니다. 당신이 보인 열정이라면 우린 또 만나게 될 겁니다."

 태진이 말을 끝내자 사무실에 정적이 흘렀다. 아무도 말을 꺼내지 않고 태진만을 쳐다보고 있었다. 그때, 팀장이 헛웃음을 뱉었다.

 "허, 참. 허허."

 팀장의 웃음을 필두로 팀원들이 입을 열기 시작했다.

"드라마 대사를 통째로 외웠어요? 대박이네."

"진짜 드라마에서 말하는 줄."

"이러니까 영국인이라고 오해하지. 미 씨가 보기에는 어때? 자기 런던 살다 왔잖아."

"그냥 원어민 같은데요? 발음도 완전 고급스럽고… 귀족 영어 같은 느낌이에요."

옆에 있던 사수 진도 눈을 껌뻑거리며 말했다. 그러고는 갑자기 영어로 말을 걸었다.

"영어 잘하네요?"

"그냥 대사를 외운 정도예요."

"이봐! 잘하네!"

그때, 팀장이 태진에게 다가오더니 씨익 웃었다. 3팀에 들어오고 나서 처음 보는 팀장의 미소였다.

"왜 나한테 얘기를 안 했어요?"

"전화 받을 때 상대방이 누구인지 얘기를 안 해서 몰랐습니다."

"어찌 됐건 잘했어요. 술 씨 덕분에 멀티박스에서 우리를 좋게 봤네요. 아, 이럴 게 아니지. 우리 팀 맞다고 얘기를 해야지. 아무튼 잘했어요. 수고했어요."

팀장은 태진의 어깨까지 두드리고는 바로 자리로 돌아가 버렸고, 얼떨결에 영웅이 된 태진은 어떤 반응도 하지 못했다. 그때, 갑자기 자신의 앞에 서류 뭉치가 올라왔다. 고개를 돌려보니 사수 진이 약간은 화가 난 듯한 표정으로 말했다.

"영어 공부 하길래 못하는 줄 알았잖아요. 가뜩이나 일도 많은데 할 줄 알면 안다고 말을 하든가. 그거 이번에 한국 들어오는 배우들한테 줘야 되는 안내 사항이니까 읽어 보고 이상한 점 있으면 메모해 둬요. 아, 2주 격리되는 거는 그때 상황 보고 넣을 거니까 그건 제외해 놓고요."

태진은 서류를 가만히 쳐다봤다. 그동안 아무것도 맡기질 않았을 때는 붕 떠 있는 기분이었는데, 이제야 3팀에 소속된 기분이었다. 물론 지금도 읽어만 봐서는 이해하지 못하는 부분이 많았지만, 그래도 할 수 있을 것 같았다. 3팀에 남아 있을 생각이 없었는데도 일을 맡게 되자 기분이 묘하게 좋았다. 마치 연애를 할 때 나쁜 남자가 한 번 잘해 주면 연인이 감동받는 그런 느낌 같았다. 그래서인지 태진의 입꼬리도 씰룩거렸다.

*　　　　　*　　　　　*

며칠 뒤, 태진은 이제 3팀에 조금 녹아든 기분이었다. 빌 러셀의 일이 있은 이후 유령 취급하던 팀원들도 먼저 인사를 해 주었다. 그렇다고 사적인 대화를 나누는 것도 아니고 고작 인사를 나눴을 뿐인데도 전에 느끼던 불편함이 사라졌다. 다만 같은 신입 직원은 다른 팀원들과 다르게 이제는 대놓고 태진을 경계했다.

태진은 그것이 이해가 되지 않았다. 어차피 모두 입사를 한 상태이기에 입사가 취소되는 일은 없을 텐데 도대체 왜 자신을 경계하고 경쟁을 하려는 것인지 이해할 수가 없었다. 지금도 자신의 일을 하면서도 이쪽을 힐끔거리고 있었다.

"유 씨! 이게 뭐야! 확인한 거 맞아요? 틀린 부분이 왜 이렇게 많아. 아이 씨, 이리 내놔요. 내가 하게."

"죄송합니다. 다시 확인하겠습니다."

"됐어요. 줘요. 빨리! 시간 없어!"

태진을 신경 써서인지 자기 일에 집중을 못 했다. 그러다 보니 실수까지 나오고 있었다. 그런데도 태진을 경계하는 건 멈추지 않았다. 태진은 어떻게 반응을 해야 되는지 판단이 서지 않았다. 드라마에서 보면 왜 쳐다보는지 이유를 묻는 장면들이 있었지만, 현실에서 이런 일을 겪게 되자 난감하기만 했다. 그때, 태진의 휴대폰에 메시지가 도착했다. 그리고 그 메시지는 태진을 웃게 만들었다.

[톨! 이따 점심 콜? 술은 먹지 말고 쿨하게 밥만 먹기! 라임 쩔어! 괜찮죠?]

팀원들과 점심을 먹을 땐 별다른 대화가 없었기에 자신이 빠져도 괜찮을 것 같았지만, 그래도 일단은 사수에게 말을 해 놓는 게 뒤탈이 없을 것 같았다. 그래서 사수에게 말을 걸려 할 때, 회의를 다녀온 팀장이 들어왔다. 그리고는 갑자기 사수 진에게 다가오더니 입을 열었다.

"점심 같이 먹죠."
"저 바빠서 먹고 바로 올라올 건데요. 괜찮으세요?"

사수에게 허락을 구할 필요가 없어져 버린 상황이다 보니 태진의 마음이 편안해졌다. 그때, 팀장이 태진을 보며 말했다.

"다 바쁘죠. 그럼 술 씨도 같이하죠."
"네? 저도요?"
"같이 먹을 사람 있어요? 혼자 먹지 말고 같이 갑시다."

태진은 굉장히 난감했다. 마음은 수잔과 먹고 싶은데 직장 상사의 식사 제안을 거절하기는 어려웠다. 그때, 답장을 받지 못한 수잔이 전화를 걸어왔다.

"제가 다시 전화 드릴게요."

전화를 끊자 팀장이 물었다.

"무슨 전화인데요? 약속 있어요?"

태진은 차라리 잘됐다고 생각하며 말했다.

"네, 다른 분이 먼저 점심 같이하자고 해서요."
"누가요? 우리 팀?"
"아니요. 4팀 수잔 씨가 같이……."
"왜 우리 팀인데 4팀하고 밥을 먹어요. 우리 팀하고 같이 먹어야죠."

전혀 생각지도 못한 대답이었다. 평소에는 신경도 안 쓰던 사람이 갑자기 밥을 먹자고 하는 모습이 굉장히 낯설었다. MfB가 아무리 수평적인 사내 문화를 만든다고 하지만 지금 소속된 팀의 최고 직급이다 보니 거절할 수가 없었다.

*　　　　*　　　　*

팀장과의 점심 식사는 사수 진과 식사를 할 때와 별반 다르지 않았다. 특별한 말도 없이 그저 식사만 하고 있었다. 게다가 식사 장소도 사내 식당이었다. 영화에서는 상사가 같이 먹자고 하면 보통 밖에 나가서 먹었기에 당연히 그러리라 생각했다.

'영화를 너무 봤어.'

그동안 사회생활을 할 수가 없었기에 TV에서 보던 것들로 비교를 할 수밖에 없었다. 하지만 실제로 겪어 보니 TV와 다른 경우가 너무 많았다. 지금도 그랬다. 보통 상사가 밥을 먹자고 하면 이유가 있을 텐데 말 한마디 없었다. 그때, 누군가가 갑자기 태진의 등을 두드렸다. 고개를 돌려 보니 반가운 얼굴들이 서 있었다.

"톨! 아, 자 팀장님 안녕하세요!"
"네, 식사 맛있게들 하십쇼."

수잔과 신입 직원을 포함해 스미스 팀장까지 있었다. 그 모습을 보자 태진은 어느 정도 이해가 되었다. 3팀에 있을 때는 팀원들끼리 모여 먹다 보니 몰랐다.

'아! 팀장님하고 밥을 한 번은 먹어야 되는 건가 보구나.'

지금 이 자리도 그렇게 중요한 자리가 아니라고 생각이 들자 약간 마음이 편해졌다. 그때, 수잔이 태진을 보며 해맑게 웃으면서 말했다.

"오! 영국인! 잉글리쉬맨! 흐흐."

어떻게 알았는지 자신을 놀려 댔지만, 기분이 나쁘기보다는 장난이 정겹게 느껴졌다. 그때, 4팀장 스미스가 자 팀장에게 말했다.

"같이 식사해도 되겠죠?"
"나중에 따로 하시죠. 오늘은 저희 팀원들과 식사하고 싶군요."

설마하니 이렇게 대놓고 거절할 줄은 몰랐다. 중간에 끼어 있는 태진만 난감했다. 뭔가 자신이 모르는 기 싸움이 벌어지는 것 같았다. 거기서 한 발 물러선 건 스미스 팀장이었다. 미소를 지은 채 알겠다고 대답을 했다. 그런데 또 갑자기 스미스 팀장이 태진의 어깨에 손을 올렸다.

"톨도 맛있게 먹어요."
"네, 맛있게 드세요."

이후 4팀이 물러가자 말 한마디 없던 팀장이 사수 진을 보며 말했다.

"진 씨는 내년에 미국 본사 지원할 건가요?"
"그럴까 생각 중이에요. 미국이 좋진 않은데 그래도 차이가 좀 있잖아요."
"그렇죠. 기본급에 자기가 일한 만큼 플러스가 되는데 아무래도 미국 MfB 가는 게 좋죠. 그리고 우리 3팀은 특혜가 있잖아요. 미국 MfB하고 협업을 많이 해서 그만큼 경력이 쌓이면 그게 반영이 되니까 입사하기도 편하고, 입사만 된다면 지금 한국에서의 경력도 인정이 되고요. 그래서 진 씨도 3팀으로 온 거고요. 그렇죠?"

"그렇기는 한데. 왜 그러세요?"

말하는 게 마치 책을 읽는 것 같은 느낌이었다. 아마 저래서 그동안 말이 별로 없었던 모양이었다. 다만 캐스팅 에이전트를 하면서 저렇게 말투가 이상해도 되는 건가 걱정까지 살짝 될 때, 팀장이 말투보다 더 어색한 미소를 짓더니 태진을 봤다.

제4장

—

2팀으로

뭐라도 말을 하면 그나마 어색하진 않았을 텐데 어째서인지 팀장은 어색한 미소를 지은 채 태진만을 쳐다봤다. 마치 평생 한 번도 웃어 보지 못한 사람이 처음 웃어 보는 것처럼 보였다. 오히려 자신이 웃는 게 더 나을 것 같을 정도로 이상했다. 도대체 왜 자신을 보며 저렇게 웃는 걸까 생각할 때, 팀장이 드디어 입을 열었다.

"앞으로 이쪽 일을 계속할 생각이라면 미국 MfB에서의 경력이 큰 무기가 될겁니다. 그리고 3팀은 그 지름길이 되겠죠. 아직 팀을 마음에 두고 있지 않겠지만, 경력을 위해서라면 3팀으로 오는 게 좋을 겁니다."

태진은 그제야 팀장이 하는 말을 이해했다. 다만 말뜻은 이해를 했는데 왜 갑자기 3팀으로 오라는 건지는 알 수가 없었다.

'빌 러셀 때문에? 그건 순전히 운인데……'

그저 상대가 누구인지도 모르고 한 말로 자신을 원하는 건 너무 이상했다. 그 정도로 빌 러셀의 영향력이 대단한 건가 싶었지만, 아무리 생각해 봐도 그건 아니었다. 그가 MfB 소속이면 모를까, 이미 다른 에이전시에서 관리를 받고 있는 사람이었다. 태진은 대체 이유가 뭘까 생각하느라 식사도 제대로 하지 못했다. 그때, 자신의 할 말이 끝났다는 듯 팀장이 일어났다.

"두 분 식사 천천히 해요. 술 씨는 내가 한 말 제대로 고민해 보고요."
"네, 알겠습니다."

팀장이 가자 이번엔 사수 진의 차례였다. 태진을 위아래로 훑어보더니 혼잣말을 뱉었다.

"이번엔 의아했는데 진짜 팀장님이 보는 눈이 정확하단 말이야."
"네? 저희 팀장님이요?"
"아니에요. 그냥 혼잣말이에요. 그나저나 우리 팀장님 제안 마음에 안 들어요? 누구한테 같이 일하자고 손 내미는 사람이 아닌데."

"아니에요. 아직 신입인데 당황스러워서요."

"표정 보니까 덤덤한 거 같은데?"

사수는 신기하다는 듯 태진을 쳐다보며 말을 이었다.

"4팀 사람들하고는 친한 거 같은데 4팀으로 갈 생각인 거예요? 그런 거면 다시 고민해 봐요. 사람 좋다고 일을 잘 하는 건 아니니까. 일 못하는데 사람 좋은 거만큼 답답한 거 없습니다. 뭐, 우리 팀은 너무 차갑긴 하지만."

그 말을 끝으로 사수 진도 식판을 들고 일어났다.

"먹고 천천히 올라와요."

매번 그렇듯이 또 혼자 남아 버렸다.

'진짜 이상한 사람들이야. 팀원으로 오라고 할 정도면 내가 마음에 드는 거 아니야? 그럼 밥 먹고 같이 일어나면 얼마나 좋아.'

개인주의가 강해도 너무 강했다. 그때, 앞자리에 식판이 놓였고, 태진은 고개를 들어 앞에 앉는 사람을 봤다. 낯익은 얼굴이었기에 태진은 곧바로 자리에서 일어나 인사를 했다.

"안녕하세⋯⋯."

"쉿, 남들 밥 먹는 데 방해되니까 조용히 인사해요."

"아, 네."

"후후, 한태진 씨 오랜만이네요?"

"네, 저도 오랜만입니다. 감사합니다."

"감사는 무슨. 내 이름은 기억해요?"

"기억합니다. 곽이정 팀장님."

"그래요? 난 덤덤하길래 내 이름 잊어버린 줄 알았네요."

자신을 합격시켜 준 사람을 보자 무척 반가웠다. 하지만 그걸 표현할 수가 없었다. 그나마 큰 목소리로 인사를 한 게 다였다. 그때, 곽이정이 웃으며 입을 열었다.

"그게 좋아서 점수를 많이 준 것도 있죠. 후후. 아무튼 얘기 잘 듣고 있어요. 빌 러셀도, 이정훈도. 역시 내가 사람을 참 잘 봐요."

"감사합니다."

"하지만 지금 팀도 정해지지 않았는데 그렇게 자신의 능력을 다 보여 줄 필요는 없어요. 만약 내가 한태진 씨의 경우였다면 천천히 하나씩 능력을 보여 줬을 겁니다. 너무 한 번에 보여 주고 나면 다음번엔 뭘 해도 당연하게 받아들이거든요."

태진은 곽이정에게서 면접때와 비슷한 느낌을 또다시 받았다. 진심으로 느껴지는 칭찬을 할 때는 어머니와 비슷한 느낌인 반면, 칭찬이 끝나면 꼭 다른 방법이 있었다는 걸 생각하게 만들었다. 그래서 칭찬인지 아닌지 헷갈렸다.

"아마 이번 일로 다른 팀에서 한태진 씨를 눈여겨볼 겁니다."

"저를요?"

"네, 일단은 미국 본사에서도 빌 러셀을 섭외한 것에 대해 놀라워했어요. 하지만 그건 우리에게 이득이 생기는 것이 아니라서 칭찬이 전부죠. 하지만 김정연 작가는 다릅니다."

"김정연 작가님이요?"

"네. 구두로 나온 말이기는 한데 김정연 작가가 앞으로도 우리 MfB와 일을 하겠다고 했다더군요. 김정연 작가는 허투루라도 그런 말을 하는 사람이 아닙니다."

"그래서 팀장님이 아까 그러셨구나."

"벌써 3팀장이 3팀으로 오라고 그럽니까?"

"네, 방금 전에요."

곽이정이 태진을 보며 피식 웃었다. 김정연은 국내 드라마 작가들 중 정상에 자리한 사람이었다. 작품을 내놓을 때마다 시청률이 보장되어 있었기에 입김도 어마어마했다. 그만큼 많은 사람들이 함께 일을 하고 싶어 하는 작가였다. 그런데도 태진의 표정에는 변화가 없었다. 그러다 보니 곽이정은 웃음이 나왔다. 대담한 건지, 아직 잘 몰라서 그러는 건지, 아직은 알 수가 없었다.

"아까 회의에서 나온 말이라서 3팀장뿐만이 아니라 다른 팀장들 전부 관심을 가질 겁니다. 그래도 나하고 한 약속 잊지 않았죠?"

"네, 잊지 않았습니다."

"그럼 됐어요. 아마 회사에서 다시 마주칠 때는 우리 팀에 올 때겠네요. 아마 그때 되면 정신없을 테니 다른 팀에서 쉬면서 체력을 보충해 놓아요."

많은 사람들의 관심을 받게 될 거라는 말이 태진의 기분을 묘하게 만들었다. 특별히 한 것이 없는데 그런 관심을 받는 게 부담스럽게 느껴지기도 했고, 한편으로는 빨리 퇴근하고 집에 가서 자랑하고 싶은 마음도 있었다. 누구보다 축하해 줄 가족들이었기에 상상만으로도 웃음이 나왔다. 태진은 혹시나 웃는 것이 들킬까 봐 입을 가리고 고개를 돌렸다. 그때, 자신을 보고 있는 수잔과 눈이 마주쳤다. 그러자 수잔이 장난스럽게 화가 난다는 듯 팔을 흔들더니 손가락 4개를 펴서 태진에게 흔들었다.

"푸흡."

태진은 자신도 모르고 소리까지 내서 웃어 버렸다. 하지만 어째서인지 곽이정 앞에서 웃으면 안 될 것 같은 기분이 들어 급하게 고개를 돌렸다.

"벌써 친해졌나 보군요. 웃을 줄도 알고."

"아, 죄송합니다."

"왜 죄송해요. 팀원들과 관계가 좋은 게 나쁜 게 아니니까요. 오히려 다행이군요. 차가운 사람이라고 생각했는데 우리 팀원들과도 잘 지낼 거 같아서 다행입니다."

곽이정의 표정을 보면 진심으로 한 말이란 게 느껴졌지만, 이상하게 불편했다. 수잔에게 했던 것처럼 자신에 대해서 말을 해도 수잔처럼 편안해질 것 같은 느낌은 아니었다.

*   *   *

며칠 뒤. 오늘로써 3팀의 생활이 끝났다. 팀장은 식사 이후로 딱히 잘해 준 것도 없었고, 팀원들 역시 그냥 인사만 하는 정도였다. 처음에는 이상했는데 자신에게만 그런 것이 아니라 원래 팀원들끼리도 인사만 하는 정도였기에 지금은 익숙해져 버렸다. 지금도 마지막 날이면 좋은 말이라도 해 줄 만한데 놀랍도록 평소와 같았다.

'다들 미국 가려고 그러는 건가.'

약간 섭섭하기도 하지만, 어떻게 보면 개인적인 터치가 없었기에 자유로운 느낌도 있었다. 일을 제대로 할 거라면 3팀도 괜찮지 않을까 생각이 들었다. 문제는 스스로 알아서 배워야 한다는 것이었지만. 그때, 옆자리 사수가 입을 열었다.

"수고했어요. 이제 2팀으로 가죠?"
"네, 내일부터 2팀입니다."
"그래요. 열심히 해요."
"그동안 알려 주셔서 감사했습니다."
"후후. 나중에 진짜 같은 팀 되면 그때 잘 알려 줄게요."

3팀은 참 나쁜 남자 같은 매력이 있었다. 항상도 아니고 가끔 가다 친절하게 대해 주는 게 묘하게 기분이 좋았다.

"그럼 조만간 또 봐요."

3팀으로 오라는 말을 돌려 하는 것 같았다. 그동안은 멀게만 느껴졌는데 저 말 한마디로 인해 뭔가 가까워진 느낌이었다. 마치 TV에서 보던 군인들이 훈련을 갔을 때 마지막에는 자신을 괴롭히던 조교들과 웃으며 인사하는 그런 느낌 같았다. 물론 군대를 가 본 적이 없었기에 막연히 그러지 않을까 생각했다.

*   *   *

다음 날. 2팀으로 온 태진의 호칭이 이번에는 10호가 되어 버렸다. 차라리 3팀에 있을 때 호칭이 더 나은 것 같다는 생각이 들 정도로 이상했다. 예전에 수잔에게 듣기로는 2팀장이 귀찮아

서 이런 식으로 정했다고 들었는데 막상 와 보니 게으른 느낌은
아니었다.

"어, 10호. 나 알죠?"

"네, 압니다. 면접관님."

"기억하네. 오케이. 이제부터 팀원 소개해 줄게요. 내가 1호.
팀장으로 부를 필요 없이 1호라고 불러요. 그리고 저기부터 차
례대로 9호까지가 기존 팀원이고요. 그리고 한태진 씨가 10호.
강미애 씨가 11호. 오케이? 10호 사수는 4호. 11호 사수는 5호
가 하고. 자리는 사수 옆자리에 앉으면 됩니다. 나머지는 일 시
작하고 사수들은 간단하게 할 일 알려 주고 빨리 시작합시다!"

완전 팀장 중심으로 돌아가는 팀이었다. 4팀은 일을 나눠 하
면서도 서로 돕거나 부족한 부분은 도와주는 분위기였고, 3팀도
일을 나눠 하지만 각자 맡은 일만 하는 분위기였다. 그리고 2팀
은 팀장이 모든 것을 관리하는 느낌이었다. 그때, 이번 2팀의 사
수인 4호가 태진을 불렀고, 사수를 본 태진은 약간 긴장이 되었
다. 드라마에서 종종 독한 역할로 나오는 차가운 느낌의, 기숙사
사감 같은 분위기의 인상이었다.

"이리 와요."

"네!"

"얘기 많이 들었어요. 다른 팀에서 대활약했다고 그러던데
요?"

"아! 아닙니다."

"아니기는. 소문이 파다한데. 아무튼 우리 팀에서 조심해야 될 건 하나밖에 없어요. 바로 방금 봤던 팀장. 1호만 조심하면 돼요."

"네?"

"팀장이 의견 내놓으면 거기에 반대 의견 내놓지 마요. 좋은 생각이 있어도 그냥 갖고 있어요. 그래야지 편해져요."

태진은 1호를 힐끔 쳐다봤다. 면접관으로 봤을 때나 지금이나 인상은 좋아 보이는데 독재자 같은 스타일인 것 같았다. 4호에게 들어서 그런지 독재자 같은 느낌도 있는 것 같았다. 그때, 4호가 태진의 의자를 당겼다.

"팀원들 소개는 천천히 해 주고, 우리가 지금 바쁘거든요. 그래서 한 번만 알려 줄 테니까 잘 기억해요."

4호는 곧바로 설명을 시작했다. 3팀에 있을 때 영어만 주야장천 보다가 한글을 보자 마음은 편안해졌다. 게다가 자료도 지역의 이름과 사람들의 이름만 보이는 게 굉장히 단순해 보였다. 그때, 4호가 질린다는 듯 입을 열었다.

"엄청 많죠? 어제도 그렇게 봤는데 아직도 이렇게 남아 있어요."

"이게 뭔데요?"

"이번에 우리 MfB 소속 배우가 예능에 출연해요. 채이주 알죠?"

"네, 압니다."

"이번에 우리 소속으로 넘어오고 첫 활동이 예능이에요. 그게 오디션프로그램이고. 며칠 전에 제작발표회 했을 건데 못 봤어요?"

최근 영어 공부 때문에 TV는 해외 드라마만 봐서 그런 소식을 몰랐다. 아마 4팀에 있었다면 팀원들이 알려 줬을 텐데 3팀은 그런 얘기를 하는 사람들이 아니었기에 오디션 얘기는 지금 처음 들어봤다.

"그럼 다 설명해 줘야겠네. 배우 오디션이고, 1차 통과된 사람들에 한해서 2차로 심사 위원이 참가자들을 선택해서 팀을 꾸리고 그 팀으로 간단한 드라마를 제작하게 될 거예요. 그리고 또 드라마를 진행하면서 한 명씩 탈락하는 그런 오디션이에요. 자세한 건 진행되면서 정보가 내려올 거고요. 아무튼 우리가 해야 될 일은 채이주가 뽑아야 할 사람들을 추리는 거예요. 심사 위원이면서 동시에 팀을 꾸려 경쟁하는 시스템이니까."

"와……"

태진은 여러 의미로 감탄사를 뱉어 버렸다.

* * *

가장 놀란 이유는 지금까지 TV에서 하는 오디션은 진짜 심사 위원들이 선택을 하는 거라고 믿고 있었기 때문이다. 그런데 실상은 그렇지 않은 것처럼 보였다. 지금 얘기로는 뒤에서 받쳐 주는 사람들이 있고, 심사 위원은 그저 얼굴마담인 것처럼 들렸다. 그때, 4호가 웃으며 입을 열었다.

"신선하죠?"

"네?"

"클리셰가 섞여 있으면서 새로운 느낌인데. 예전에 가수들 뽑는 오디션은 각 기획사의 얼굴을 세워 뒀다면 지금은 아예 각 기획사의 능력을 보는 그런 셈이죠. 그래도 뭐, 공은 채이주한테 돌아가겠지만."

"아… 그렇군요."

"물론 잘해야 그렇게 되겠죠? 그리고 우리도 얻을 게 있으니까 위에서 참가하는 거예요. 얻을 게 뭘까요?"

"TV에 얼굴을 비친 사람들을 캐스팅할 수 있다는 거 아닐까요?"

"오, 정답. 보석을 처음부터 캘 필요가 없어지죠. 조금이라도 반짝인다 싶으면 바로 휙! 물론 경쟁자들도 만만치 않아요."

자신의 생각이 틀렸음에도 웃음이 났다. 자신이 믿고 있던 TV가 거짓말을 하지 않았다는 것이 만족스러웠다. 하지만 그것도 잠시, 또 다른 이유로 걱정이 됐다.

"채이주 씨는 어떻게 심사 위원이 됐어요?"

태진이 느끼기에는 채이주가 그렇게 연기를 잘하는 편이 아니었다. 잘할 때도 있지만, 발 연기라고 불리는 연기를 할 때가 더 많은, 기복이 심한 배우였다. 그렇기에 궁금해서 물어봤는데 4호가 갑자기 조용히 하라는 듯 검지를 입에 가져다 댔다.

"무슨 의미로 그런 말을 하는 거예요?"
"보통 심사 위원이면… 그 분야에서 인정을 받은……."
"거기까지! 절대 다른 사람들 앞에서 그런 말 하지 마요."

4호는 엄청난 비밀 얘기라도 하는 듯 주변을 살피고는 말을 이었다.

"우리 소속 아티스트의 실력이 어찌 됐건, 다른 사람들이 뭐라고 하든 간에 우리는 항상 최고라고 생각해야 돼요. 그래야 밑에서 받쳐 주는 사람들도 자기 일에 대한 자부심이 생기고 아티스트도 위로 올라갈 수 있는 원동력이 되거든요. 이건 우리뿐만이 아니라 다른 기획사도 마찬가지일 거예요."
"아! 죄송합니다."
"죄송할 건 없죠. 사실 나도 채이주 연기력 별로거든요. 사실 지금 우리가 이렇게 미친 듯이 일하는 것도 채이주 때문이에요."

4호의 얘기는 태진을 빠져들게 만들었다. 마치 자신이 동경하던 세계의 뒷이야기를 듣는 것처럼 재미있었다. 그리고 지금 들은 얘기로 아마 채이주의 성격이 이상할 거라고 생각했다. 막무가내이거나, 안하무인 성격이거나, 분명히 뭔가 문제가 있을 것 같았다. 하지만 4호의 입에서 나온 말은 태진의 예상과 달랐다.

"제작발표회 나가고 반응이 아주 온통 우리 MfB에 관한 얘기밖에 없어요. 다 채이주 때문이죠. 채이주가 그 연기력으로 어떻게 심사 위원이 됐냐라는 댓글들이 아주 도배되듯 올라오고 있어요. 그런 걸 어떻게 버티는지, 참 대단한 거 같아요."

"아……."

"대단하죠? 사람이 욕심이 있어야지 수만 명의 욕도 버티고 그러는가 봐요."

"욕심이요?"

"연기 욕심이요. 연기 욕심은 국내 탑일걸요? 노력도 많이 하고. 그런데 노력만큼 실력이 안 따라 주니까 문제지. 아무튼 우리도 채이주가 욕을 먹으면 안 되니까 반전을 주려고 지금 미친 듯이 일하고 있는 거예요. 원래 이런 일은 우리 업무가 아닌데 채이주가 욕을 하도 먹어서 급하게 투입된 거고요."

"원래는 어떤 일을 하는 건지 물어봐도 되나요?"

4호는 겉모습과 다르게 무척 친절했다. 지금도 태진의 질문에 자료까지 보여 주며 설명하고 있었다.

"우리는 기획사들하고 계약이 만료되거나 아니면 기획사가 없는 배우들에게 회사를 소개시켜 주는 일을 하죠. 우리 회사에서 필요하면 우리 쪽으로 데려오기도 하고요. 지금 보는 게 주조연 배우들 계약기간에 대한 정보들이에요. 원래는 대부분 외근이 많은데 시국이 시국이니만큼 미팅이 힘들거든요. 그래서 이번 일에 우리도 합류하게 된 거고요."

"코로나 때문에요?"

"그렇죠. 그래도 이제 곧 백신 공급되고 있으니까 조만간 나아지겠죠?"

태진은 이해했다는 듯 고개를 끄덕거렸다. 그리고 마지막에는 감탄사까지 뱉었다. 왠지 자신이 잘할 수 있을 것 같았기 때문이었다. 자신이 따라 할 수 없는 사람이 오디션에 참가할지 알 수는 없지만, 만약 그런 사람이 있다면 오디션 우승도 가능할 것 같았다. 그러다 보니 자신도 모르게 감탄사가 나왔다.

"그럼 여기에 적힌 분들이 전부 오디션 참가자들이에요?"

"맞아요. 지원서고요. 우리가 할 일은 이 사람들 뒷조사예요."

"뒷조사요? 아! 인성에 문제가 있을 수 있으니까요."

태진은 면접 당시 자신이 추천했던 배우가 떠올라 입을 열었다. 그러자 4호가 피식 웃더니 입을 열었다.

"그건 아주 나중 문제고요. 우리는 이 사람들이 어떤 사람들인가 하는 정보를 얻는 거죠."

"아! 출연했던 영화나 연극, 이런 작품들 말씀하시는 건가요?"

"그건 1팀이 맡고 있어요. 우리는 작품에 출연한 경험이 없는 그런 지망생들을 맡았고요."

내놓는 말마다 오답이었다. 게다가 자신이 생각했던 것과 다른 상황에 자신감이 떨어져 버렸다.

"혹시 자료 같은 건 있나요? 지원할 때 영상 같은 거······."

"그건 우리한테 없어요. 예선은 ETV 드라마 제작국에서 맡았어요. 지금 우리가 보는 자료들은 예선 통과한 사람들이고요."

"그럼 아무런 정보도 없는 거예요?"

"그러니까 뒷조사라고 했잖아요. 가장 중요한 건 사람들에게 얼마나 알려져 있는지, 그리고 나서 외모가 어떤지, 평소 스타일은 어떤지, 이런 것들을 조사하는 거죠. 스타가 될 자질이 있냐 없냐."

"그걸 어떻게 알죠?"

"SNS 있잖아요. 다 뒤적거려야죠. 그러니까 바쁘다는 거예요."

"그런 거··· 사찰 이런 거 아니에요?

4호는 어이없다는 표정으로 태진을 보더니 이내 피식 웃었다.

"우리가 국정원이에요? 그리고 지원할 때 내용 보면 SNS 공개 동의까지 있어요. 그러니까 이렇게 하는 거죠. 그런 건 걱정하지 않아도 돼요."

"그럼… 지원자들 연기 같은 건 볼 수 없는 건가요……?"

"그건 1차 심사 끝나고 보게 되겠죠."

방금 전까지만 해도 자신이 잘할 수 있다고 생각했는데 얘기를 듣고 나니 이번 일에 자신의 능력은 전혀 필요가 없어 보였다.

*　　　*　　　*

며칠 뒤. 태진은 자신이 지금 일을 하는 건지, 다른 사람들의 사생활을 훔쳐보는 건지 헷갈렸다. 게다가 이것만 보고 지원자를 평가하는 건 너무 어려웠다. 아주 특별하게 잘생기거나 예쁜 사람이 아니고는 사람마다 보는 눈이 다른데 너무 주관적으로 판단하는 느낌이었다. 그런데 문제는 신기하게도 다른 팀원들의 의견은 대부분 일치한다는 것이었다. 태진이 지금 보고 있는 사람도 팀원들이 뽑은 사람이었다.

'도대체 뭘 보고 스타성이 있는지 판단하는 거지… 무당 빤스를 훔쳐 입었다는 말이 이럴 때 하는 거네.'

흔히 말하는 훈남의 외모였다. 착해 보이면서 따뜻한 느낌에 다가 외모도 준수했다. 그렇지만 외모만으로는 연기를 잘하는지 알 수 없을 텐데 대체 어디서 스타성을 발견한 건지 아무리 봐도 이해가 안 됐다. 그때, 4호가 태진을 힐끔 쳐다보더니 입을 열었다.

"그 사람은 뭐 하러 또 보고 있어요?"
"아! 다른 팀원들이 뽑은 이유를 찾으려고 보고 있었습니다."
"아이고… 내가 다 알려 줬잖아요. 내가 뭐라고 했어요?"
"먼저 팔로워 수를 보라고… 그런데 이 사람은 팔로워도 그렇게 많은 편은 아니라서……."
"그다음은요?"
"외모나 어떤 생활을 하는지, 그리고 댓글들 보라고 하셨습니다."
"다 봤어요?"
"네… 그런데 잘 이해가 안 돼서."

4호는 태진의 마우스를 가져가더니 스크롤을 쭉 내렸다. 그러고는 마우스 커서를 빙빙 돌리며 댓글들을 가리켰다.

"여기 댓글들에 뭐라고 써 있어요?"
"여기가 어디예요? 너무 분위기 있다? 이런 거뿐인데요?"
"후… 10호는 연애 안 해 봤어요?"
"네? 아, 네."
"아이고… 모태 솔로야? 그 나이 먹도록? 그러니까 모르지. 여기 댓글 남기는 사람들이 대부분이 여자예요. 그리고 친한 사람도 있는데 방금 사람처럼 친하지 않은 사람들도 있거든요. 그런데 게시물마다 그런 사람들의 댓글이 엄청나게 많죠? 왜 친하지도 않은데 댓글을 남길까요? 시간 낭비일 텐데?"

"친해지고 싶어서요?"

"그렇죠. 이 사람하고 친해지고 싶으니까. 그럼 이 사람하고 왜 친해지고 싶을까요?"

"왜일까요?"

"내가 물어봤는데요?"

4호는 헛웃음을 뱉더니 다시 말을 이었다.

"10호는 어떤 사람이랑 친해지고 싶어요."

"저를 있는 그대로 봐 주는 사람이요."

"음, 그럼 이 사람들에게는 128번 지원자가 그런 사람으로 보일 수 있는 거죠. 그러니까 끌리고! 그러니까 댓글을 남기고! 그런 사람들이 한두 명이면 모르는데 굉장히 많잖아요. 만약 이 사람이 TV에 나오면 댓글 남긴 사람들처럼 궁금해하는 사람이 생길까요, 안 생길까요?"

"생길 거 같네요."

"그렇죠. 그럼 스타성이 있다는 거잖아요. 이해했죠?"

태진은 약간 이해가 되는 듯했지만 아직은 부족했다. 자신이 생각하던 스타와는 거리가 있는 느낌이었다.

"그런데 이 사람이 연기를 못하면 어쩌죠?"

"연기는 지금 확인할 수가 없잖아요. 그건 나중에 판단하는 거죠. 지금은 가능성이 보이는 사람들을 최대한 추리는 작업이에요. 그리고 이 사람은 가능성이 보이고요. 아마도 이 사람이 연기를 너무 못하지는 않는다 싶으면 뽑힐 수 있겠죠."

"연기가 보통이라도요?"

"스타는 팬들의 사랑으로 생긴다고 그러잖아요. 그래서 팬심도 무시할 순 없어요. 지금 하는 작업은 그런 걸 고려하는 거죠."

태진은 사실 마음에 들지 않았다. 배우가 연기를 잘하면 팬이 생기는 거라고 생각했는데 아무것도 안 했는데 팬을 가지고 있고, 그 팬들이 맹목적으로 응원을 하는 건 이상하다고 생각했다. 아직은 경험이 없어서인지 몰라도 SNS만 보고는 도저히 판단이 되질 않았다.

"아! 그런데 SNS 안 하는 사람들도 있을 텐데 그런 참가자들은 어떻게 하나요?"

"패스하는 거죠. 없는 걸 억지로 찾을 순 없잖아요. 지금은 있는 자료로만. 왜요? 이해가 안 돼요? 음, 그러니까 오디션에서 스타를 뽑는 걸 시험이라고 생각하면 쉬워요. 지금 우리는 시험을 잘 보려고 시험공부를 하는 셈이에요. 시험공부 할 때 어떻게 해요?"

"열심히 해야겠죠?"

"어이고, 시험공부 안 해 봤어요?"

"아, 네. 제가 일이 있어서 학교를 안 다녔거든요."

"그래요? 아무튼 뭐, 시험공부 할 때는 어떤 문제가 나올지 모르니까 교과서부터 전부 외우고 막 그러잖아요? 아니, 그러거든요. 지금도 그런 셈이에요. 누가 스타가 될지 모르니까 죄다 알아 두는 거죠. 오케이?"

머리로는 이해를 했지만, 여전히 마음에 들진 않았다. 하지만 4호에게 그 얘기를 한다고 해도 달라지는 건 없을 것이기에 이해했다는 듯 고개를 끄덕거렸다.

"오케이, 그럼 하던 일 계속해요."

"네."

태진이 어쩔 수 없이 하던 일을 계속하려 할 때였다. 사람들의 시선이 느껴져 고개를 들어 보니 팀원들이 이쪽을 보고 있었다. 그런데 그 대상이 자신이 아닌 4호였다. 태진은 4호를 힐끔 쳐다봤지만, 4호는 그런 시선에도 아무렇지도 않은 듯 보였다.

'왜 다들 신기한 것처럼 보지?'

태진이 의아해할 때, 갑자기 누군가가 사무실로 들어왔다. 회사에서 아무리 복장이 자유라고 하지만 지금 들어온 사람은 너

무 자유로웠다. 자신의 몸보다 훨씬 큰 후드티를 입었고, 그 후
드티에 달린 모자로 얼굴을 가리고 있었다. 게다가 선글라스에
마스크까지 착용하고 있는 상태였다. 그런데도 굉장히 멋있게
느껴졌고, 마치 후광이 비치는 느낌이었다.

'연예인인가?'

TV에서 보면 보통 연예인들이 저러고 다녔기에 태진은 유심
히 쳐다봤다. 그때, 옆자리에 있던 4호가 들어오는 사람을 보고
선 곧바로 인사를 하며 마중을 나갔다.

"일찍 오셨네요. 1호! 채이주 배우님 오셨어요."

채이주는 고개를 살짝 숙여 인사를 했고, 태진은 그런 채이주
를 물끄러미 쳐다봤다. 채이주를 좋아하는 편이 아니었는데 막
상 실제로 보니 TV에서 보던 것과는 조금 달랐다. 마스크와 선
글라스로 가려서 얼굴을 볼 수 없는데도 풍기는 느낌이 묘했다.
그와 동시에 아까 4호가 했던 말이 이해가 되었다.

'저런 사람이 있을 수 있으니까 찾아보는 거구나.'

제5장

—

채이주

　이정훈을 볼 때는 이런 느낌은 없었는데 채이주는 존재 자체만으로도 연예인이었다. 누구라도 채이주를 본다면 이런 사람이 연예인을 하는구나라고 생각할 것 같은 분위기였다. 아마 연기만 잘했다면 엄청난 인기를 얻을 수도 있었을 것 같았다. 태진은 그런 채이주를 유심히 쳐다봤다. 그때, 채이주가 갑자기 팀장과 팀원들에게 고개를 숙이며 사과했다.

　"늦어서 죄송합니다. 인터뷰가 길어져서요."
　"아닙니다. 매니저분께서 길어질 거 같다고 미리 연락해 주셨습니다."

　아름다운 외모에 인성까지 겸비했다. 태진은 채이주를 보고 있는 것만으로도 입꼬리가 올라갈 것 같았다.

"그럼 시작할까요?"

채이주가 온다는 사실조차 몰랐던 태진은 무엇을 하는지 당연히 몰랐다. 채이주는 곧바로 팀장의 자리로 갔고, 태진은 자리로 돌아온 4호에게 질문을 했다.

"이번에 출연하는 프로그램 때문에 오신 거예요?"
"그렇죠. 그런데 며칠 전에는 채이주 별로라고 안 그랬어요?"
"별로라고는 안 그랬는데."
"농담이에요. 실제로 보니까 빛이 나죠?"
"네, 사람한테서 정말 빛이 나네요."
"그러니까 지금 하는 거 잘 봐요. 그중에 빛이 나는 사람이 있을 수 있으니까."

태진은 그제야 어떤 사람을 찾아야 하는지 알 것 같았다. 물론 신입인 자신의 눈에 쉽게 발견될 리는 없겠지만 그래도 채이주 덕분에 왜 SNS를 뒤져야 하는지는 이해가 되었다.

*　　　　　*　　　　　*

잠시 뒤. 태진은 좀처럼 집중이 되지 않았다. 팀장의 옆에 있던 채이주가 2호의 옆으로 가더니 이제는 3호의 옆에 자리하고 있었다. 이제 곧 4호와 태진에게 올 것이었다. 채이주가 옆으로 올 거라 집중을 못 하는 건 아니었다. 다만, 각 팀원이 추린 사람들의 정보를 보는 채이주의 표정이 좋지 않았다. 뭔가 불만을 차곡차곡 쌓아 두는 느낌이었다.

'하긴 자기가 그렇게 예쁜데 다른 사람이 만족스러울 리가 있나.'

누굴 뽑더라도 외모만으로는 채이주보다 나은 사람이 없을 것 같았다. 그때, 굳은 표정의 채이주가 4호에게 다가왔고 태진은 지금 일을 배우고 있는 단계이기에 논의에서 제외되었다. 그때, 채이주가 태진을 보며 말했다.

"같은 2팀 아니세요?"
"10호는 이번에 입사한 신입이라서요."

그 질문을 끝으로 채이주의 관심은 끝이었고, 태진은 곧바로 모니터를 쳐다봤다. 신입이라서 민망하거나 부끄러운 건 아니었다. 단지 채이주의 일을 도와주는 역할이다 보니 열심히 하는 모습을 보여야 될 것 같았다. 하지만 신경이 쓰였기에 눈은 모니터에 가 있으면서 귀는 채이주 쪽을 향해 있었다. 하지만 채이주의 목소리는 들리지 않았다.

4호가 자신이 추린 참가자들을 보여 주며 설명을 하고 있음에도 채이주는 중간중간 대답하는 거 말고는 자신의 의견을 내놓지 않았다. 그러다 보니 태진의 관심도 조금씩 멀어지고 있을 때, 모니터에 있는 한 참가자의 SNS가 눈에 들어왔다.

팔로워 수나 외모, 그리고 사람들의 반응은 4호의 설명과 거리가 먼 사람이었지만, 올라온 게시글들이 유머가 대부분인 걸로 보아 유쾌한 사람인 것 같았다. 게다가 대표 게시글에는 자신의 Y튜브를 홍보하고 있었다.

'Y튜브도 하나 보네.'

어차피 참가자에 대해서 알아보는 중이었기에 태진은 링크된 주소를 눌렀다. 그러자 '예천 최씨'라는 채널로 이동되었고, 자세히 읽어 보니 채널 이름이 예비 천만 배우 최정만 씨를 줄여 놓은 것이었다.

태진은 어떤 동영상이 있는지 살펴보기 전에 SNS 팔로워 수는 적어도 Y튜브 구독자 수는 높을 수도 있다는 생각에 구독자 수부터 확인했다. 하지만 구독자 수는 팔로워 수보다 훨씬 적었다.

'하긴 Y튜브에서 인기 있으면 다 SNS로 따라왔겠지.'

오답을 헤매며 정답을 찾아가던 태진은 곧바로 동영상을 확인했다. 동영상 수는 굉장히 많았지만 영상 시간은 대부분 짤막짤막했다. 제목을 보니 어떤 동영상들인지 단번에 알 것 같았다.

['영원의 도시'의 오도철 역을 예천 최씨가 한다면?]

대부분이 이런 제목이었다. 드라마 배역을 자신이 연기한 걸 찍은 모양이었다. 누굴 따라 하는 건 자신의 주 종목이었기에 태진은 기대하며 영상을 클릭했다. 그러자 영상에는 분장까지 한 최정만이 나와 영원의 도시의 악역, 오도철을 연기하는 모습을 보여 줬다.

─내 등에 칼을 꽂겠다고 다짐했을 때 잘못되면 어떻게 될 거란 걸 예상했을 거 아니냐. 네가 생각한 것도 이 정도는 아니지? 실망인데. 나하고 함께한 세월이 얼만데 날 그렇게 몰라? 하긴, 그러니까 뒤에서 이딴 일이나 꾸몄겠지. 지금이라도 알아 둬. 나 이런 사람이다.

영상을 보는 태진의 입꼬리가 엄청나게 씰룩거렸다. 원래 오도철을 연기한 배우의 연기는 정말 섬뜩할 정도의 연기였는데 참가자 최정만의 연기는 보기 힘들 정도였다. 음악이나 배경을 제외하고 연기만 놓고 봐도 아마추어는커녕 연기를 처음 하는 사람 같은 느낌이었다. 그런데 못해도 너무 못하다 보니까 어이가 없어 웃겼다. 왜 구독자 수가 적은지 쉽게 이해되었다. 태진은 속으로 웃으며 다른 영상들도 클릭했다.

모든 영상이 드라마의 한 장면을 흉내를 낸 것이다 보니 굉장히 짧았고, 구독자 수도 적어서인지 영상에 광고도 없어 금방금방 보게 되었다. 아마 다른 사람들이라면 몇 개만 보고 그만두었을 텐데 태진은 워낙 흉내를 좋아하다 보니 비교를 하며 보는 것이 은근히 재미있었다. 그러던 중 태진은 어느 순간부터 자신이 안 웃고 있다는 것을 깨달았다.

'연기가 점점 느네.'

대단한 연기는 아니었지만, 영상이 쌓여 갈수록 최정만의 연기도 점점 늘고 있었다. 그에 비례해 재미도 점점 없어지다 보니 가뜩이나 낮은 조회수가 점점 더 떨어졌다. 태진은 궁금한 마음에 가장 최근에 올라온 영상을 클릭했다. 한 달 전에 올라온 영상인 걸로 보아 이걸 마지막으로 오디션 준비를 하는 듯 보였다.

[당신의 기억 저편의 철우 역을 예천 최씨가 한다면?]

태진도 본 영화로, 노년 배우들이 주연으로 나온 작품이었다. 흥행은 못 했지만, 내용이나 배우들의 연기는 괜찮은 영화였다. 치매에 걸린 아내를 보살피는 내용으로 구성된 굉장히 짠한 스토리였다. 거기서 과연 철우 역을 맡았던 노년 배우의 연기 중 어떤 장면을 따라 할지 궁금했다. 그만큼 좋은 장면이 많았던 영화였기에 태진은 기대하며 영상을 클릭했다. 그러자 영상에는 집에서 대충 한 것 같은 노인 분장의 최정만이 나왔다.

─……

영상에서는 아무런 말도 나오지 않았다. 음소거를 한 것도 아니고 업로드 실수도 아니었다. 태진은 단번에 최정만이 어떤 장면을 연기하는지 알아차렸다.

치매에 걸린 아내가 시집간 딸을 아직 어린아이로 착각하며 찾아 나서는 장면이었다. 그러다 아내가 길을 잃었고, 철우가 그런 아내를 보며 고민에 빠지는 장면이었다. 태진은 영화를 봤기에 다음 장면에서 지친 철우가 짧은 순간이나마 이대로 아내가 사라지면 편해지지 않을까 생각하고 곧바로 후회한다는 걸 알지만, 영화를 안 본 사람은 알 수 없을 것이다.

그런데 최정만의 연기는 상당히 괜찮아 보였다. 물론 노년 배우와 비교할 순 없었지만, 처음 올린 영상과 비교하면 말도 안되는 발전이었다. 이제는 배우라고 불러도 될 것 같은 느낌이었다. 물론 태진이 표정만 지을 수 있다면 최정만보다 더 잘 따라할 수 있을 것 같았지만.

태진은 몇 개의 영상 만에 이런 발전을 한 건지 살펴보려고 다시 처음 올린 영상을 찾았다. 그런데 날짜가 이상했다. 첫 영상이 불과 6개월 전이었다. 순간 태진은 연기가 늘어 가는 게 보이는 배우들을 떠올려 보려 했다.

하지만 쉽게 떠오르지 않았다. 각자가 가진 색깔이 있기에 연기가 느는 게 쉽지도 않았다. 연기를 못한다고 욕먹던 배우가 갑자기 연기력으로 칭찬을 받을 때는 대부분 자신에게 어울리는 배역을 맡았기에 그런 거지, 갑자기 정말 연기 실력이 늘었다거나 하는 경우는 잘 없었다. 그런데 최정만은 확실히 점점 느는 게 보였다.

　태진은 최정만의 지원서를 다시 살폈다. 그동안 혹시 어디서 연기를 배웠나 찾아보기 위해서였다. 하지만 그런 내용은 없었다. 최정만에게 직접 듣지 않고서는 알 수 없겠지만, 영상만 놓고 보면 발전 가능성이 있는 사람이었다. 다만 상대역 없이 혼자 연기를 하다 보니 조급해 보이는 부분도 있었다. 하지만 발전 속도로 보아 그런 문제점은 금방 고쳐 나갈 것 같았다.

　'6개월 만에 이 정도인데 몇 년만 지나면 내가 못 따라 하는 거 아니야?'

　만약 연기를 계속한다면 실제로 그렇게 될 것 같았다. 다만 4호가 말한 조건과는 하나도 맞지 않았다. 그렇다 보니 어떻게 해야 될까 고민이 되었다. 잠시 고민을 하던 태진은 아무래도 최정만을 리스트에 넣어 두는 게 좋을 것 같다는 결론을 내렸다. 그때, 4호 옆에 앉아 있던 채이주에게서 한숨 소리가 들렸다.

　"마음에 안 드세요?"
　"아니에요. 수고하셨어요."

　이제 5호에게 가려는 모습에 태진은 인사를 하려고 채이주를 쳐다봤다. 그런데 태진과 눈이 마주친 채이주가 갑자기 입을 열었다.

"10호님이라고 하셨죠?"

"네, 10호입니다."

"10호님이 눈여겨보신 참가자가 있나요?"

태진이 최정만을 얘기해도 되나 잠시 고민할 때, 4호가 먼저 입을 열었다.

"저하고 같이 보고 있는 친구예요."

"아, 그렇군요. 실례했어요."

4호는 태진을 보며 괜찮다는 듯 고개를 끄덕이며 웃었다. 마치 자신이 해결했으니 긴장하지 말라는 표정이었다. 그냥 내버려 뒀으면 편하게 최정만을 추천했을 텐데 상황이 약간 어색해졌다. 태진은 잠시 고민 끝에 채이주가 자신을 지나쳐 갈 때 급하게 입을 열었다.

"지금 4호님께 물어보려고 한 사람은 있었는데. 제가 보기에는 괜찮았거든요."

태진은 자신의 의견이라고 말하기보다는 사수인 4호의 체면까지 생각하고 말했고, 그 말을 들은 채이주는 곧바로 관심을 보이며 태진의 옆자리에 자리했다. 그러다 보니 채이주와 4호가 태진의 양쪽에 자리하게 되었다.

"최정만이라는 참가자예요."

태진은 먼저 4호의 표정부터 살폈다. 분명 마음에 들지 않는 표정이었지만, 채이주가 함께 있어서인지 아무런 말도 없었다. 하지만 채이주의 표정은 달랐다. 방금 전까지만 하더라도 불만스러운 표정으로 한숨을 뱉었는데 최정만을 보자 굉장히 궁금해하는 표정으로 변했다. 보여 준 거라고는 사진 하나밖에 없었기에 채이주의 반응을 본 태진은 약간 부담이 되었다. 그때, 채이주가 먼저 입을 열었다.

"어떤 면을 보고 추천을 한 건데요?"
"일단 영상을 한번 보시죠. 짧은 영상이에요."

태진은 자신이 본 최정만의 첫 번째 영상을 보여 주었다. 그러자 아니나 다를까 채이주의 표정이 다른 팀원들과 있을 때로 돌아왔다. 그리고 4호도 사수인 자신이 미안하다는 듯 채이주를 쳐다봤다. 그 모습을 본 태진은 서둘러 마지막 영상을 틀었다.

"방금 전은 처음 올린 영상이고 이건 가장 최근에 올린 영상이에요."

그리고 영상을 봤음에도 채이주의 표정에 변화는 없었다. 그건 4호도 마찬가지였다.

"이렇게 연기가 느는 데 6개월밖에 안 걸렸어요."

"그걸 10호님이 어떻게 아시죠?"

"여기 첫 영상 올린 게 6개월 전이거든요. 그리고 최근 올린 게 한 달 전이고요."

"그럼 5개월이죠."

"아, 그렇구나."

별거 아닌 지적이었지만, 태진은 순간 민망했다. 그때, 채이주가 태진을 보며 갑자기 사과를 했다.

"무안 주려던 건 아니었어요. 죄송해요."

"네?"

표정이 없어서 모를 텐데 어떻게 알았는지 너무나 신기했다. 그때, 4호가 태진을 위로하며 말했다.

"괜찮아요. 실수할 수도 있죠. 그런 걸로 얼굴 터질 것처럼 빨개지고 그래요. 그리고 민망하면 민망하다고 그러지 표정이 딱 굳어서 얼굴만 빨개지니까 이상하잖아요."

태진은 방금 전보다 더 민망한 상황에 얼굴을 쓰다듬었다. 그때, 채이주가 의자를 가져오더니 태진의 옆에 다시 자리했다.

"그래서, 연기력이 어떻게 늘었는데요?"

                    *   *   *

머칠 뒤. 캐스팅 팀에서 추린 참가자들을 살피던 채이주는 이름 하나를 보며 희미한 미소를 지었다. 바로 신입인 태진이 추천한 최정만이라는 참가자였다. 연기가 빠르게 늘고 있는 건 사실이지만 특별하게 뛰어난 연기력은 아니었다. 그런데도 추천 리스트에 있는 이름들 중 가장 눈에 들어왔다. 채이주가 최정만의 동영상을 보며 웃을 때, 자신 때문에 서울로 올라와 살고 있는 엄마가 신기해하며 물었다.

"마음에 드는 사람이라도 있어?"
"그건 아니야."
"그럼 기분 좋은 일이라도 있어?"
"아니라니까?"
"어휴, 쌀쌀맞기는! 네가 웃으니까 궁금해서 그렇지."
"나 일하는 중이야."
"알았어!"

어렸을 때 이주는 이렇게까지 차가운 아이가 아니었다. 그런데 배우 생활을 하면서 점점 성격이 변해 갔다. 처음에는 일이 힘들어서 그런 거라고 생각했었다. 하지만 시간이 지날수록 이주의 성격은 폐쇄적으로 바뀌어 갔고, 심지어는 가족들과도 말을 섞지 않는 단계까지 왔다. 그때서야 가만히 두면 안 되겠다는 생각이 들어 이주와 함께 살기로 했다.

TV에 심심찮게 나오는 연예인의 자살 소식을 들을 때마다 가슴이 철렁했기에 채이주가 반대를 했음에도 막무가내로 밀고 들어왔다. 그리고 함께 시간을 보내면서 이주의 성격이 변한 이유를 조금씩 알게 되었다. 바로 이주의 연기력을 평가하는 악플들 때문이었다. 배우가 연기력으로 평가를 받는 건 당연했지만, 이주에게 달린 악플은 연기에 대해서만이 아니었다.

[얼굴 그렇게 쓸 거면 나 주셈.]
[얼굴로 주연 된 케이스.]
[감독한테 도대체 뭘 준 거냐. 크크]

자신이 본 것만 해도 이런 악플들이 수두룩했다. 자신이 보진 못했지만 이런 악플들보다 심한 것들도 상당할 것이었다. 그래서 기존 소속사이던 숲에 관리를 요청했지만, 제대로 이행되지 않았다. 그래서 이런 관리를 해 준다고 약속한 MfB에 들어오게 됐다.

이적하자마자 예능에 출연한다는 말을 들었을 때는 솔직히 화도 좀 났다. 자신에게 말했던 것과 달리 딸 이주를 돈으로만 보는 건 아닐까 걱정했는데 지금 이주의 표정을 보니 조금은 믿어도 될 것 같았다. 그때, 이주가 엄마에게 노트북을 돌렸다.

"그냥 이 사람 보고 있었던 거야."

"으휴! 쌀쌀맞지도 못하면서 엄마한테 그렇게 하니까 신경 쓰였지?"

"아니거든? 그냥 궁금해하는 거 같아서 보여 주는 거야."

동영상을 보던 채이주의 엄마는 고개를 갸웃거렸다. 배우도 아니고 연예계에 아무런 관련도 없었지만, 딸 때문에 연기에 대해서 거의 박사가 되어 있었다.

"이 사람이 마음에 들어?"

"그나마 좀 괜찮은 거 같아서."

"엄마가 보기에는 여기서는 감정을 절제하기보다 더 드러내는 게 관객들이 이해하기 쉬울 거 같은데? 지금은 너무 절제한 거 아니야?"

"그런 건 어디서 배운 거야."

"원래 엄마들은 다 알아. 자식이 아프면 의사가 되는 거랑 비슷하지."

"의사가 돼?"

"의사만큼 지식이 생긴다는 거지. 넌 아직 결혼 안 해서 모를 거다."

채이주는 가볍게 웃으며 동영상을 봤다. 자신이 생각해도 엄마의 의견과 비슷했다. 자신도 연기력 부족으로 욕을 먹고 있지만, 그동안 배우 생활을 하면서 본 배우들이 있었기에 연기를 잘한다 못한다 평가할 순 있었다. 그리고 최정만은 아직 부족한 편에 속했다. 그런데도 눈에 계속 밟혔다. 바로 태진 때문이었다.

"연기 느는 게 상당히 빠르대."

"이 사람이?"

"내가 보기에도 빠르긴 한 거 같아서 일단은 지켜보려고. 오디션에서 연기가 조금이라도 는 거 같으면 캐스팅할 거야."

"그래? 그런데 이 총각은 너무 평범한 느낌인데 괜찮겠어?"

"잘생기고 예쁜 사람 뽑는 거 아니야. 배우 되려고 하는 사람 뽑는 거지."

"그래도 오디션은 후딱 지나가는데 확 들어오는 게 있어야지. 우리 딸처럼."

채이주는 들리지 않게끔 한숨을 뱉었다. 엄마의 의견처럼 MfB의 캐스팅 부서도 그런 사람들을 추천했다. 예쁘고 잘생긴 사람에게 호감이 가는 건 사실이었기에 이해는 되었다. 기존의 연기 경험이 있는 참가자들은 대부분 유명한 작품에 참가했거나 연기력이 뛰어나다는 평가를 받은 사람들이었고, 연기 경험이 없는 참가자들은 하나같이 잘생기고 예쁜 외모를 갖고 있었다. 그런데 태진의 추천만이 달랐다. 외모가 아닌 연기에 중점을 두고 있었고, 그것도 미래에 발전할 가능성을 보고 추천했다.

'재밌는 사람이야.'

채이주는 최정만이 아닌 태진을 떠올리며 피식 웃었다. 신입임에도 불구하고 최정만의 연기를 평가하는 게 꽤나 정확했다. 최정만이 따라 한 기존 배우의 연기를 바탕으로 해 주는 설명도 이해하기 쉬웠다. 게다가 가끔 지적을 하며 자신이 흉내 내는 모습은 웃음까지 짓게 만들었다. 게다가 표정 하나 변하지 않고 진지하게 흉내를 내다 보니 태진의 설명이 맞다는 생각까지 들게 만들었다. 그러다 보니 최정만이 더 눈에 들어오고 있었다.

"그래서 첫 촬영은 언제야?"
"2주 뒤에."
"너무 긴장하지 말고. 컨디션 관리 잘하고. 우리 딸은 배우니까 예능 같은 거 못해도 돼. 그러니까 속상해하지 말고."

자신을 걱정해서 하는 말이었지만, 벌써부터 기사에 달릴 악플들을 걱정하는 엄마의 모습이 가슴을 아프게 만들었다. 자신도 악플에 시달리고 있었고, 가족들도 그런 자신을 배려하느라 함께 고생하고 있었다. 그렇기에 그런 악플이 달리지 않도록 이번에 출연하는 예능에 온 힘을 쏟을 생각이었다. 게다가 참가자들과 함께 만드는 드라마를 찍게 될 텐데 참가자들보다 못한 연기를 보여 주고 싶진 않았다.

        *   *   *

　며칠 뒤, 모든 참가자들의 정보를 확인하고 유망주들을 추린 2팀은 다시 원래의 업무로 돌아왔다. 계약기간이 얼마 남지 않은 배우들을 확인하여 연락을 돌리고 있었다. 그래서인지 전처럼 바쁜 모습은 아니었다. 그건 태진도 마찬가지였다. 다만 2팀원들은 일을 하는 중간에도 계속해서 시간을 힐끔힐끔 살폈다. 그때, 4호도 시간을 보더니 입을 열었다.

　"이제 확인하러 올 시간인데요?"
　"아, 네. 그러네요."
　"10호는 참 독특하단 말이야. 난감하지도 않아요?"
　"그렇긴 한데 그래도 열심히 하려는 거 같아서 보기는 좋더라고요."
　"열심히 하는 거 말고 잘하는 게 중요한데. 그나저나 1팀에서 좀 길어지고 있나?"
　"곧 오실 거예요."
　"오늘은 또 어떤 사람을 물어보러 올려나."

　이미 추천 참가자 리스트들을 넘겼음에도 채이주는 매일같이 같은 시간에 2팀을 찾아왔다. 그러고는 리스트에도 없는 참가자들을 가져와 팀원들에게 물었다. 채이주가 첫 예능 촬영이라서 열정에 불타오르는 건 알겠지만, 자신들이 보기에는 스타가 될 가능성이 없는 사람들이었다. 하지만 채이주의 열정을 봐서 말을 돌려 해야 했기에 난감해지는 시간이었다.

"이거 다 10호가 최정만 추천해서 그런 거잖아요. 솔직히 우리 한테 물어보는 건 그냥 겉치레고 사실은 10호 의견 들어 보려고 오는 거 아시죠?"

"네……."

4호의 말처럼 태진에게 올 때는 채이주의 눈빛부터 변했다. 굉장히 기대를 하고 있다는 눈빛을 보냈기에 부담감이 이만저만이 아니었다. 최정만처럼 영상이라도 있으면 그나마 뭐라도 판단할 수 있을 텐데 아무런 영상도 없이 SNS만 가지고 와 물으니 무슨 대답을 해야 될지도 몰랐다. 게다가 채이주가 가져온 참가자들은 하나같이 평범하거나 그보다 못한 외모였다.

그래서 팀원들이 말은 안 해도 다들 걱정이 많았다. 이번 예능에 채이주만이 아니라 MfB의 이름도 들어가기에 제대로 된 참가자를 뽑아야 하는데 채이주의 안목 때문에 다들 불안해했다. 그때, 10시가 되자 어김없이 채이주가 등장했다.

오늘도 한손에는 태블릿이 들려 있었고, 노트북이 든 커다란 가방을 멘 채였다. 그리고는 매일 했던 것처럼 1호에게 자신이 찾은 참가자를 확인하기 시작했다. 태진은 팀장 1호의 표정을 살폈다. 굉장히 난감해하는 걸 봐서는 오늘도 또 이상한 사람을 가져온 모양이었다. 그건 2호와 3호도 다르지 않았다. 그러다 보니 태진도 점점 걱정되기 시작됐다. 그때, 채이주가 4호에게 다가왔다. 그러자 4호가 어색하게 웃으며 태진을 가리켰다.

"10호하고 먼저 보서도 될까요? 전 지금 하는 일이 있어서
요."
"그럴까요?"

채이주가 태진을 보러 온 거라는 걸 알고 있던 4호는 곧바로
채이주를 태진에게 떠넘겨 버렸다. 아니나 다를까 채이주는 그
동안 꺼내지도 않았던 노트북을 꺼내더니 태진의 옆에 자리 잡
았다.

"이 사람인데요. 일단 정보부터 확인해 보세요."

태진은 천천히 참가자의 정보를 읽어 갔다. 오늘도 어김없이
특별한 것이 없었다. 태진은 모니터를 보고 있는 채이주를 힐끔
쳐다봤다. 처음에는 왜 이런 사람들을 뽑아 오는 건지 이해를
못 했다. 그런데 채이주에 대해서 알아보다 보니 하루하루가 지
날수록 조금씩 뭔가 알게 되는 느낌이었다. 연기력 없이 외모로
만 성공하면 나중에 힘들다는 걸 알아서 그런가 하나같이 평범
한 사람들이었다. 그러다 보니 조금은 채이주가 짠하기도 했다.
대답하기 난감한 건 마찬가지였지만.
태진이 아무런 대답도 없자 채이주가 노트북을 만지더니 입을
열었다.

"조금 민망하긴 한데 이분은 영상이 있어요."

리스트에 있던 참가자들은 전부 살폈기에 못 본 영상이 있을 리가 없었다. 아무래도 채이주가 가져온 참가자는 다른 팀원이 봤던 리스트에 있었던 모양이었다. 태진은 왜 민망한 건가 생각하며 영상을 봤다. 순간 왜 채이주가 민망하다고 한 건지 알아차렸다. 참가자가 채이주의 연기를 따라 하고 있는 모습이었다.

[우리가 함께했던 그 3년이 어떻게 아무것도 아닐 수가 있어. 이걸 좀 봐. 이건… 후, 봄에 함께 봤던 벚꽃이고, 이건 여름에 놀러 갔던 바다야. 이땐 우리 둘 다 행복하게 웃고 있잖아. 그러지 말고 우리 바다 보러 가자. 지금 가자.]

헤어진 연인을 붙잡으려는 내용으로 채이주가 '유하람'을 연기했던 드라마였고, TV광인 태진 역시 봤던 드라마였다. 재미도 없고 배우들의 연기도 별로여서 인기를 끌지 못했던 드라마였다. 그리고 이걸 따라 한 참가자의 연기도 별로였다. 오히려 채이주보다 못한 연기였다. 그때, 채이주가 약간 부끄러워하면서 입을 열었다.

"어때요? 발전 가능성이 보이나요?"
"다른 영상을 못 봐서 그건 잘 모르겠어요. 다른 영상도 있어요?"

"그것뿐이던데. 그럼 이 영상만으로는 어때요?"

태진은 채이주의 기분이 상하지 않도록, 또 자신의 말로 인해 채이주의 열정이 식지 않도록 조심히 말을 꺼내기 시작했다.

"제가 보기에는 발음이 좋아서 전달은 잘되는 거 같아요. 아무래도 전문적으로 공부를 한 분 같네요."
"그래요? 그럼 이 사람도 뽑을까요?"
"그런데 제가 보기에는 고민을 좀 해 봐야 할 거 같아요. 특별히 못하지는 않는데 잘하지도 않아서요. 배우면 잘할 수 있겠지만 아무래도 오디션이다 보니까 시간이 부족할 거 같아 보여요."
"그럼 최정만 씨도 오디션인 건 마찬가지잖아요."
"그분은 오디션 중에도 연기력이 늘 수 있을 것 같아 보였어요."

채이주는 고개를 끄덕이다 말고 태진을 빤히 쳐다봤다. 채이주의 시선은 태진으로 하여금 혹시 기분 나쁘게 한 게 있나 생각하게 만들었다. 하지만 최대한 배려해서 말을 했기에 그런 건 없었던 것 같았다. 그때, 채이주가 좀 전처럼 민망해하며 말했다.

"오늘은 다르시네요."
"네? 제가요?"

"연기 설명할 때 항상 원래 배우를 기준으로 설명했는데 오늘은 그게 없네요."

"아……."

당사자를 앞에 두고 어떻게 말을 하라는 건지 태진은 매우 난감했다. 연기력이 출중했다면 찬사라도 하면 되는데 채이주의 연기는 태진이 보기에는 평범했다. 태진이 어떤 말을 해야 될지 고민할 때, 채이주가 먼저 입을 열었다.

"이분을 보여 주려는 것도 있었는데 사실, 제 연기 평가도 어떨지 궁금해서 가져온 거예요."

"제가 신입이라서 배우님을 평가하는 건 아닌 거 같아요."

"그동안은 잘 평가했잖아요."

"그건……."

"나도 이상한 점 있으면 고치려고요."

태진은 도대체 왜 자신에게 이런 시련을 주는 건지, 채이주가 약간은 원망스러웠다. 주변에 도움을 청하는 눈빛을 보냈지만, 다른 사람들은 아예 신경도 쓰고 있지 않았다. 오직 4호만이 '잘 말해'라고 입만 벙긋거리고 있었다. 태진은 대체 어떻게 말을 해야 될지 고민하기 시작했다.

*　　　　*　　　　*

태진은 한참을 고민했다. 자신이 실제로 연기를 해 본 것도 아니고 연기를 배운 적도 없었다. 물론 채이주의 문제점이 보이긴 했지만 신입인 자신이 스타인 채이주를 앞에 두고 뭐라고 말하기는 조금 곤란했다. 한참을 생각하느라 말이 없던 태진의 머릿속에 갑자기 괜찮은 생각이 떠올랐다. 신입인 태진이 아니라 연기 선배가 하는 말은 어떨까 하는 생각이 들었다.

어떤 사람으로 선택할까 고민을 하던 중 며칠 전 최정만이 따라 했던 노배우가 생각났다. 최정만의 연기를 보고 집에서 흉내를 내 본 사람이었다. 노배우의 연기가 뛰어나 완벽하게 흉내 낼 순 없었지만, 그래도 말투를 흉내 낼 순 있었다.

태진은 노배우의 목소리로 채이주의 대사를 속으로 읽어 갔다. 생각보다 괜찮을 것 같았다. 막내 태은이 매일 부탁했던 것을 이렇게 써먹을 줄은 몰랐다. 태은은 자신이 좋아하는 배우를 지목하며 그 배우가 나오지도 않은 드라마나 영화의 한 장면을 흉내 내 달라고 했고, 태진은 지금 그걸 채이주의 앞에서 해 볼 참이었다.

"제가 연기를 배운 적은 없지만 이 장면에서 다른 배우들이라면 조금 달랐을 것 같긴 해요."

"어떻게요?"

"그러니까 이렇게요."

태진은 목을 가다듬고 입을 열었다.

"우리가 함께했던 그 3년이 어떻게 아무것도 아닐 수가 있어. 이걸 좀 봐. 이건… 후, 봄에 함께 봤던 벚꽃이고 이건 여름에 놀러갔던 바다야. 이땐 우리 둘 다 행복하게 웃고 있잖아. 그러지 말고 우리 바다 보러 가자. 지금 가자."

"……."

채이주는 눈을 껌뻑거리며 태진을 쳐다봤다. 그리고 그건 사무실에 있던 다른 팀원들도 마찬가지였다.

"뭐야? 뭔 소리야?"
"이창일 배우님 목소리 아니었어?"

채이주 역시 팀원들의 반응과 다르지 않았다. 연기를 느껴 보라고 했더니 목소리에 놀라고 있었다.

"와, 엄청 똑같네요."
"아… 이창일 배우님이 이런 대사를 하면 이렇게 하셨을 거 같아서요."
"너무 놀라서 제대로 못 들었어요. 다시 부탁드려요."

채이주는 엄청 신기해하면서도 자신의 연기와 무엇이 다른지 찾으려는 생각에 눈을 감고 마음을 진정시켰다. 태진도 눈을 감고 듣는 편이 더 도움이 될 거라는 생각에 곧바로 이창일 배우를 흉내 냈다.

"지금 가자."

아예 이쪽을 쳐다보고 있던 팀원들은 또다시 들리는 성대모사에 신기해하며 태진에게 엄지까지 내밀었다. 하지만 채이주는 달랐다. 이번에는 무척이나 진지하게 듣고 있었다. 그러던 채이주가 눈을 뜨고는 태진을 쳐다봤다.

"나하고는 완전히 다른 감정이네요. 나처럼 화를 내면서 애원하는 것이 아니라 뭔가 포기한 듯한 느낌이네요."
"네, 맞아요."

채이주는 갑자기 태진을 뚫어져라 쳐다봤고, 태진도 채이주의 눈을 피하지 않았다. 제대로 알아차릴 수 있을까 조금은 걱정했는데 그래도 제대로 알아차려 준 것 같았다. 배우 생활을 오래 해서인지 보는 눈이 있는 모양이었다. 그때, 채이주가 갑자기 입을 열었다.

"왜 참가 안 했어요?"
"네?"
"우리 오디션에 왜 참가 안 했냐고요."
"제가요?"
"저번에도 그렇고, 이번에도 그렇고. 누구 흉내이긴 해도 기본적으로 연기를 엄청 잘하잖아요. 지금도 표정 하나 안 변하는 거 보면 본인도 잘한다는 거 알고 있잖아요. 왜 배우를 안 해요?"

갑자기 자신에게 배우를 하라는 말에 태진은 당황했다. 표정만 지을 수 있다면 한번 생각해 볼 만도 했는데 지금으로써는 불가능했다. 그리고 만약에 TV에 나오게 된다면 배우보다는 어렸을 때 꿈인 개그맨이 해 보고 싶었다.

"제가 표정연기가 안 돼요."
"그런 건 괜찮아요. 목소리만으로 연기 하는 게 얼마나 어려운 건데요."
"미디어에서는 표정이 엄청 중요하다고 생각하거든요. 그리고 전 지금 일이 재미있어요."

채이주는 무척 아쉽다는 표정을 지었다. 그러고는 몇 번이나 더 태진을 설득했고, 태진의 거절이 계속되자 그제야 알았다는 듯 본론으로 돌아왔다.

"아쉽네. 나중에 다시 얘기해요. 그리고 아까 그 연기를 보여 준 건 내 연기가 감정 과잉이라는 거죠?"
"꼭 그런 건 아니고요."
"다 받아들일 수 있으니까 솔직하게 말해 줘요."
"어쩔 때는 훌륭한 연기를 하실 때도 있는데… 대부분 비슷한 느낌을 받았어요. 지금 그 장면도 딱 그 장면만 놓고 보면 좋게 보여요. 상대역이 오세진 씨인데도 그 장면만큼은 전혀 밀리지 않았어요."

"그렇죠… 그러니까 1화에 힘 다 뺐다는 말을 들었으니까 요……."

"그만큼 잘하시긴 했는데 뒤에 이어질 내용까지 생각해 보면 다르게 생각할 수도 있을 것 같아요. 그러니까 과잉이라기보다는 전체적인 흐름에서 조금 틀어져서 과잉처럼 느껴지는 거 같아요."

채이주의 기분이 상하지 않도록 말을 하던 태진은 스스로도 무척이나 만족스러운 답변을 했다고 생각했다. 이 정도면 채이주도 알아들었을 것 같았다. 그때, 채이주의 입이 다시 열렸다.

"흐름이요? 무슨 흐름이요? 극의 흐름?"

"네, 맞습니다."

"뭐가 틀어졌다는 거죠? 이게 1화 시작되는 장면인 건 아시죠?"

"네, 알죠."

"아직 난 사랑하는데 붙잡으려고 애원하는 건 당연한 거 아닌가요?"

끝날 줄 알았던 얘기가 계속 이어지고 있었기에 태진은 약간 당황했다. 그래도 채이주의 표정이 자신의 연기 평가에 대해 화가 난 것처럼 보이진 않았다. 오히려 정말 궁금해하는 것처럼 보였다.

"이 장면은 그렇게 중요한 장면이 아니라고 생각해요. 다음 내용과 이어지는 것도 없고 한참 뒤에나 재회를 하는 장면이 나오잖아요. 그리고 재회해서도 다시 흔들리지 않고 쿨하게 응원을 해 주는 모습이고요. 아마 첫 장면은 유하람이 아, 그러니까 채이주 씨가 디자이너로 성공하기 위해서 일에 빠져들 수 있는 계기를 마련해 주는 그런 장면이라고 보거든요."

"유하람… 내 배역 이름도 아시네요."

"네, 봤어요. 그리고 채이주 씨가 일을 하면서 썸을 타게 되는 그런 장면들에서도 마음은 있지만 일이 우선이라고 느끼게 되는 장면이 많잖아요. 그런데 첫 장면 때문에 혹시 전 남친을 잊지 못하고 있나 그런 생각이 들게 만들더라고요. 그래서 전 남친이 곧 나오겠구나 했는데 한참 뒤에나 아주 잠깐 나오고요. 클리셰를 벗어나려고 한 건 아는데 시청자 입장에선 자신의 생각과 조금 다르면 약간 허무할 때도 있거든요."

태진은 채이주 탓이 아니라 시나리오가 잘못됐다고 돌려 말했다. 애써 포장을 해서 말을 하다 보니 2팀에 남고 싶지 않다는 생각만 들었다.

'아… 2팀에 있으면 배우들 계속 만날 텐데 이런 걸 계속해야 되는구나……'

그때, 이번에는 이해를 한 듯한 채이주가 고개를 끄덕거렸다. 태진은 다행이라고 생각하며 채이주를 봤다. 그런데 채이주의 표정이 어째서인지 씁쓸해하는 것처럼 보였다.

"너무 생각이 좁았네요. 분석도 못했고요……."
"아니에요. 잘하셨어요."

채이주는 태진의 칭찬이 빈말이라는 걸 알기에 가볍게 웃었다. 그러고 보면 촬영 당시에도 감독한테서 감정을 조금 누르라는 말을 듣긴 했었다. 하지만 드라마에 출연할 때마다 연기력 논란이 일다 보니 잘하는 모습을 보이고 싶었다. 그래서 눈물 콧물은 물론이고 소리까지 지르며 온 힘을 다해 감정을 쏟아 냈는데 그것이 틀린 답이었다. 한 장면 한 장면도 중요하지만, 전체적인 흐름에서 벗어나지 않는 것도 중요했다. 채이주는 중요한 것을 얻은 기분이었다.

"고마워요."
"아닙니다."
"그래서 어떻게 하는 거라고요?"
"네?"
"방금 전에 했던 이창일 선배님이 하던 연기요. 이렇게 맞아요? 우리가 함께했던……."

채이주는 감정을 달리하며 연기를 했고, 태진은 자신도 모르게 피식 웃어 버렸다. 자신의 연기를 하면 되는데 태진이 했던 이창일 배우의 연기를 따라 하려고 하고 있었다. 몇 번 따라 해 보고는 잘 안 되는지 태진에게 물었다.

"어떻게 하는 거예요?"

"호흡이 중요해요. 배우마다 호흡이 조금씩 다르거든요. 이창일 배우님 같은 경우는 말을 하다가 입을 꾹 다물면서 연기를 할 때가 많아요. '우리가', 숨 크게 쉬고 침도 한 번 삼키고 다음에 '함께했던 그 3년이' 나오면서 호흡을 길게 주고 다음."

"참… 엄청 디테일하시네요."

몇 번 따라 해 보던 채이주는 잘 안 되는지 입맛을 다셨다. 그러고는 볼일이 끝났다는 듯 주섬주섬 짐을 챙기더니 태진을 보며 말했다.

"도와줘서 고마워요. 볼 수 있으면 또 봐요."

"아닙니다."

짐을 다 챙긴 채이주는 팀원들에게까지 인사를 했다.

"다음 주부터 촬영이라서 2팀에 찾아오는 건 오늘이 끝일 거 같아요. 도와주셔서 감사합니다."

채이주의 인사에 팀장이 곧바로 일어났다.

"이제 1팀하고 일하시겠군요. 곽 팀장 실력 좋으니까 걱정 마시고 파이팅하시길 바랍니다."
"감사해요."
"저희도 항상 지원할 준비하고 있겠습니다."

채이주는 그 말을 끝으로 가 버렸다. 그러자 4호가 태진의 옆으로 오더니 신기한 듯 쳐다봤다.

"연기 배운 적 있어요? 연기에 대해서 말을 엄청 잘하네."
"아니에요. 그냥 TV 보고."
"매일 굳어 있어서 딱딱할 줄 알았는데 보기와는 좀 다르네요? 아무튼 10호 다음 주에 1팀으로 가는데 곧바로 채이주 씨하고 만나겠네."
"아, 그렇네요."

아무래도 채이주와의 인연이 계속될 것 같았다.

*   *   *

태진에 대해서 보고를 받은 곽이정이 재미있다는 듯 피식 웃었다. 2차 면접 때 태진이 냈던 자료에서 느꼈지만, 시야가 굉장히 넓었다. 채이주의 연기를 설명한 것도 그랬다. 극의 전체를 면

저 보고 설명한 것이 마음에 들었다.

"그래, 고생했어. 그리고 며칠 더 고생해 줘. 잘해 주는 거 잊지 말고."

—잘해 주려고 노력하고 있어요.

"알아. 그 친구가 학교도 안 다니고 그래서 그런지 자기한테 잘해 주는 사람한테 끌리는 거 같더라고."

—네.

"그럼 조만간 우리 팀에서 보자고. 경애 씨, 아니, 4호. 하하."

통화를 마친 곽이정은 기분이 좋은 듯 미소를 지었다. 태진을 눈여겨보길 잘한 듯싶었다. 태진은 신입 직원임에도 기존 직원들보다 더 많은 성과를 내고 있었다. 박승준을 찾아갔을 때도 느꼈지만, 일에 대한 열정이 대단했다. 자신에게는 지금 그런 사람이 필요했다.

다만 이번에 태진이 추천한 사람은 마음에 걸렸다. 2팀의 리스트에도 없었던 사람인데 오직 태진의 말을 듣고 채이주가 리스트에 넣은 참가자였다. 바로 최정만이었다.

보고를 받은 대로 연기가 점점 늘긴 했다. 하지만 자신이 보기에는 여전히 아마추어 수준이었다. 오디션에 참가할 때도 별반 다르지 않을 것이었다. 대구까지 가서 봤던 박승준 때와는 다르게 지금 당장 보여 주는 것이 없었다. 오디션이니만큼 현장에서 보여 주는 게 중요하다 보니 아무래도 최정만은 아닌 것 같았다.

"음… 연기가 발전하는 걸 찾는 것도 좋지만, 나라면 발전 가능성을 따지기보단 어느 정도 완성된 자기만의 스타일이 있는 배우를 찾았겠지. 그게 공개 오디션이니까."

혼잣말을 하면서도 칭찬을 했고, 곧이어 자기 의견을 내어 스스로를 치켜세웠다. 그러고는 곧바로 리스트에 있는 최정만의 이름에 가로를 쳐 두었다. 그런 뒤 곧바로 채이주에게 보여 줄 메모를 작성하기 시작했다.

[완성되지 않은 연기로 평가가 애매함. 다른 심사 위원의 반응을 보고 결정해도 늦지 않음.]

자신의 연기도 못 하는 채이주가 안목이 있을 리가 없었다. 그렇기에 다른 심사 위원들이나 기획사들의 반응을 보라고 적어 놓았다. 만약 다른 심사 위원들이 최정만을 섭외하려고 한다면 끼어들어서 가로채면 된다. 채이주와 같이 있을 때 틈만 나면 최정만의 영상을 본 걸 알기에 그렇게 적은 것이었다. 그녀라면 최정만에 대한 정보는 누구보다 많을 것이 확실했다.

＊　　　　＊　　　　＊

채이주가 더 이상 찾아오지 않자 태진은 뭔가 약간 허전했다. 그동안은 팀에서 중요한 일을 하는 것 같았는데 이제는 또다시 헤매고 있었다.

'사진이라도 찍어 둘걸.'

막내 태은에게 채이주와 일한다고 얘기했지만 믿지 않았다. 만난 것까지는 이해하는데 무슨 신입이 톱급 연예인한테 조언을 하는 게 말이 되냐며 태진이 과장해서 말한다고 생각했다. 증거가 없으니 증명할 방법도 없었다. 채이주와 또 언제 만나게 될지 알 수도 없었다. 그러다 보니 기념사진이라도 찍어 둘걸 하고 생각할 때였다. 옆에 있던 4호가 태진을 불렀다.

"10호."
"네?"

태진은 흠칫 놀라며 4호를 봤다. 대화를 할 때는 좋은 사람 같은데 이렇게 호칭만 부를 땐 가끔 흠칫흠칫 놀라게 만들었다.

"뭘 놀래요. 일 안 하고 다른 거 했어요?"
"아니요. 아닙니다. 왜 부르셨어요?"
"이분 알죠? 얼마 전에 10호가 만났다는 얘기 들었는데."

4호가 보여 주는 화면을 보던 태진은 곧바로 고개를 끄덕거렸다. 만난 적은 몇 번 없지만 무척이나 반갑게 느껴졌다.

"이정훈 배우님이요?"

"네, 전에 10호가 섭외했다고 들었는데. 맞죠?"

"저 혼자 한 건 아니고 4팀 수잔하고 같이했습니다. 이분도 MfB에서 영입하나요?"

"그래요. 기간으로 보면 이번 드라마가 끝날 때쯤 플레이스하고 계약이 끝날 거예요."

"그럼 아직 멀었군요?"

"멀긴요. 플레이스에서는 아마 지금부터 재계약하려고 준비 중이겠죠."

화면을 다시 확인한 태진은 의아해하며 물었다.

"6개월이나 남았는데 벌써 계약하는 건가요?"

"김정연 작가 작품인 이상 망하진 않을 테니까 플레이스에서도 이정훈 씨를 데리고 있는 게 이득이겠죠."

"그럼 저희도 이정훈 배우님 영입 준비하는 건가요?"

"아마 어려울 거예요. 이정훈 씨도 촬영 중에 소속사가 바뀌는 걸 원하지 않을 테고요."

이정훈을 다시 만나러 가야 될 줄 알았는데 4호의 분위기를 봐서는 아니었다. 그럼 왜 이정훈의 얘기를 꺼낸 건지 이해하기가 어려웠다. 그때, 4호가 웃으며 말했다.

"10호는 며칠 뒤에 1팀으로 가잖아요. 가기 전에 알려 주려는 거예요. 혹시나 2팀으로 올 수도 있으니까."

"아……."

"이정훈 씨하고 그때 이후로 연락 안 하죠?"

"네? 아, 네."

"그럴 줄 알았어요. 앞으로 이정훈 씨가 아니더라도 10호가 인연을 쌓은 연예인들하고는 친분을 유지하세요. 친분이라고 해도 그렇게 대단한 건 없어요. 좋은 소식이나 나쁜 소식이 들릴 때 전화 한 통 정도? 그리고 상대방이 부담스럽지 않을 선에서 연락을 하면 돼요. '촬영하는데 힘들지 않으세요?' 이런 정도?"

"아……."

"이해했죠? 계약이란 게 계약서 내용도 중요한데 마음에 맞는 사람이 있나 없나도 중요하거든요. 둘 다 완벽하면 계약이 쉽겠죠? 이건 신인을 캐스팅할 때도 마찬가지고요. 자기한테 잘해주는 사람한테 끌리는 건 당연하잖아요."

그제야 태진도 이해를 했는지 고개를 끄덕거렸다. 그러자 4호가 피식 웃더니 말을 이었다.

"왜 이런 말을 했냐면 너무 딱딱하게 있지 말고 좀 웃으라고요. 채이주하고 있을 때도 한 번을 안 웃는데 다른 사람하고 있을 땐 오죽할까 싶어서 걱정돼서 말하는 거예요."

"그게, 너무 긴장이 돼서요."

"그러니까, 전화도 있으니까 앞으로는 연락처를 알게 되면 관리를 하라는 거예요. 인맥 관리. 지금부터 해 두면 나중에 큰 도움이 될 거예요."

어떻게 연락을 해야 될지 막막하긴 했지만, 사회 생활을 해 본 적이 없는 태진에게는 엄청 도움이 되는 말이었다. 태진은 4호를 보며 고개를 꾸벅 숙였다.

"감사합니다."
"무슨 인사까지 해요. 사수가 알려 주는 건 당연한 건데. 나도 10호처럼 표정 관리 못해서 힘들었거든요. 남 같지 않아서 말해 주는 거예요."

4호의 첫인상도 기숙사 사감 같은 느낌이어서 그런지 마치 선생님에게 배우는 느낌이었다. 그래도 무섭다기보다는 잘 가르쳐 준다는 느낌이 컸다. 다만 어째서인지 굉장히 어색하게 느껴졌다.

*   *   *

이젠 회사 생활 경험이 조금 쌓여서인지 점심 식사를 마친 태진은 건물 밖 벤치에서 햇빛을 쐬고 있었다. 2팀의 일이 사람을 대하는 일인데, 코로나로 인해 사람과의 만남이 어려운 관계로 다소 여유롭기도 했다. 덕분에 아침에 4호가 말한 것들을 생각할 시간을 갖고 있었다.

태진은 휴대폰의 목록을 가만히 쳐다봤다. 가지고 있는 연예인 연락처라고 해 봤자 이정훈 한 명뿐이다. 다만 어떻게 전화를 걸어야 할지 고민되었다.

'어떤 이유로 전화를 걸었다고 그럴까.'

사람들은 안부 전화를 거는 게 뭐 어렵겠냐고 할 테지만 가족 말고 먼저 전화를 걸어 본 기억이 없던 태진은 무척 조심스러웠다. 이정훈에 대한 기사라도 있으면 그나마 연락하기 쉬울 텐데 아직까지 이정훈에 대한 기사는 물론이고 SNS에도 아무런 게시물이 없었다. 그러다 보니 태진은 이정훈의 전화번호만 띄워 놓은 채 가만히 화면만 들여다보고 있었다. 그때, 누군가 갑자기 어깨를 툭, 건드렸다.

"어우, 깜짝이야."
"뭐야, 하나도 안 놀란 표정으로 놀랐다니까 이상하네! 지금 이게 놀란 표정이란 거죠? 메모!"
"수잔은 어쩐 일이세요?"
"밥 먹고 사무실 올라와서 커피 타는데 톨이 보여서 내려왔죠."

수잔은 피식 웃더니 갑자기 코를 잡았다.

"톨도 담배 펴요?"

"아니요?"

"그런데 왜 담배 냄새 나게 흡연장 옆에 있대. 뭐 하느라 이런 구린내 나는 곳에서 그렇게 휴대폰만 쳐다보고 있어요. 혹시 사수한테 까였어요?"

"아, 그런 건 아니고요."

태진은 수잔을 물끄러미 쳐다봤다. 성격 좋은 수잔이라면 많은 연예인들과 연락을 하고 지낼 것 같았다. 태진은 사수에게 들었던 얘기를 수잔에게 해 줬다. 그러자 수잔도 동의한다는 듯 고개를 끄덕거렸다.

"그럴 수도 있죠. 실제로 쉬는 시간 대부분을 인맥 관리 하는 데 쓰는 사람도 있어요."

"수잔은 안 그러세요?"

"나요? 음, 나는 좀 별로예요."

"왜요?"

"여러 가지 이유가 있긴 한데 겁이 많아서 그렇죠."

"수잔이 겁이 많아요?"

"왜요! 난 겁 없어 보여요? 내 숨겨진 근육을 봤나?"

수잔은 팔까지 들어 올리며 웃고는 말을 이었다.

"내가 데려와서 잘되면 다행인데 만약에 우리 회사랑 맞지 않으면 곤란하잖아요. 나는 그냥 데려오기만 하는 역할이라서 마음에 안 드는 부분을 관리해 줄 수도 없고 말이에요. 뭐, 나 혼자만 욕먹는 건 괜찮은데 내가 데려온 연예인이 문제죠. 그 연예인도 발전하려고 회사를 옮긴 건데 마음에 안 들면 발전이 되겠어요?"

"아하. 그런 문제도 있군요."

"내가 말한 게 정답은 아니에요. 그냥 난 그렇다고요. 회사 입장에서나 담당자는 실적을 올려야 하니까 데려오는 게 맞는데, 난 그렇게 하는 게 좀 불편해요. 그냥 가까운 관계보다는 비즈니스적인 관계가 딱 좋은 듯. 친하지도 않은 사람한테 살랑거리는 것도 잘 못하고요. 그래서 난 우리 회사로 데려오는 일 안 하잖아요. 직업 소개하는 일만 하고 있지. 크크."

수잔은 생각만 해도 진저리 난다는 듯 몸을 떨기까지 했다.

"만약에 나도 그런 거 잘했으면 했을 수도? 농담이고요. 아무튼 난 비즈니스적인 관계가 좋아요. 내 스타일이지 정답은 아니라는 거! 괜히 사수한테 가서 내가 이랬다고 그러지 말고요!"

수잔의 말처럼 태진은 어떤 말이 정답인지 아직까지는 판단하기가 어려웠다. 하지만 자신에게 맞는 걸 택하라면 무조건 수잔의 방식이었다. 그때, 수잔이 갑자기 태진을 쳐다봤다.

"그런데 톨은 못할 거 같으면서도 잘할 거 같기도 하고."

"제가요?"

"내가 보기엔 능력만큼은 최적화된 사람인데. 그래서 조금 위험해 보이기도 하고."

"지금까지 전화 한 통 하기 어려워서 고민하고 있었는데요."

"톨은 너무 자신에 대해서 모른다."

"제가 어떤데요?"

"능력 쩔잖아요. 이정훈 배우님 설득할 때 보면 말도 잘해. 무엇보다 뭘 배우는 게 엄청나게 빠르잖아요. 우리 남편한테 하루만에 당구 배워서 프로 준비하는 사람 이겼다고 말했더니 미친소리 하지 말라고 그러던데. 만약에 연락하고 싶으면 그냥 당구나 한판 치자고 연락하면 되잖아요."

어차피 용건 없이 인맥 관리를 위한 연락이었기에 최고의 방법이라는 생각이 들었다. 취미를 같이 공유하는 것만큼 친해지기 쉬운 것도 없었다. 그리고 흉내를 잘 내는 자신이라면 언제든지 친해질 수 있을 것 같다는 생각이 들었다. 다만 회사가 상대방과 잘 맞는다는 전제가 필요했다. 그러다 보니 인맥 관리보다는 회사에 대해서 더 알아 가는 것이 우선이라고 판단했다.

"역시 수잔이랑 대화하면 답이 나오네요."

"내가 좀 그렇죠? 그런데 아직 팀도 정해지지 않은 신입인데 뭘 그런 걱정부터 해요."

"아! 그렇죠."

"걱정을 사서 하고 있네. 그러지 말고 그냥 우리 팀으로 와요.

내가 더 잘해 줄게요!"

"하하."

"웃기는. 자꾸 나랑 밀당할래요? 남편이랑도 안 해 본 밀당을!"

고민이 가시자 마음이 편해진 태진은 입꼬리가 올라갔다.

*　　　　*　　　　*

2팀에서의 마지막 인사는 3팀에서보다는 따뜻했지만, 4팀에서 보여 줬던 아쉬워하는 모습은 아니었다. 팀장만이 수고했다는 말과 꼭 다시 보자고 했지만, 딱 거기까지였다. 팀장들이 자신을 원한다는 말을 듣기는 했지만, 수잔이 했던 말처럼 자신은 신입이었기에 팀에 없어서 안 될 존재까지는 아니었다. 그러다 보니 아쉬움 없는 인사를 하고 1팀으로 자리를 옮긴 상태였다.

다만 1팀에 자리한 태진은 이번에 같이 팀에 합류한 신입 직원과 함께 벌써 한 시간이 넘도록 아무것도 안 한 채 가만히 있었다. 기존 팀원들도 어디를 갔는지 반 이상은 자리를 비운 상태였다. 남아 있던 팀원이 팀장이 자리를 비워서 그렇다고 설명을 해 주었지만, 아무것도 안 하고 있다 보니 마음은 불편하고 몸은 찌뿌둥했다. 그때, 전화를 받던 팀원 한 명이 갑자기 태진에게 다가왔다.

"둘 다 따라와요. 짐 다 챙기고요."

태진과 또 다른 신입 직원은 얼떨떨해하며 따라나섰다. 어쩐지 바뀔 팀도 없는데 어디를 가는 건가 궁금해하며 따라가 보니 차장에 도착했다.

"빨리 타요. 뒷자리 대충 치우고."

여전히 어디를 가는 건지 의아해하며 차에 올라탔다. 차가 출발해 회사를 나서자 운전을 하던 팀원이 룸미러를 보며 말했다.

"이름이 임승아, 한태진 맞죠? 난 승아 씨 사수 맡게 될 이철준이라고 해요. 우리는 다른 팀하고 다르게 이상한 호칭 없이 이름으로 부르니까 철준 씨라고 부르면 됩니다."
"네! 알겠습니다."
"그리고 한태진 씨 사수는 팀장님이세요."
"아!"

곽이정이 자신의 사수라는 말을 듣자 부담감도 들었지만 스스로가 뭔가 특별해진 느낌이 더 컸다. 그때, 철준의 말이 이어졌다.

"우리는 돌아가면서 해서 이번에는 저하고 팀장님 차례예요."
"아……."

특별한 게 아니란 걸 안 태진은 민망함에 괜히 턱을 쓰다듬었다. 그때, 옆에 있던 임승아가 질문을 했다.

"선배님! 저희 어디 가는 거예요?"

"선배 아니고 철준 씨라고 해 주세요. 안 그러면 내가 혼나요."

"아, 네. 아직 이름 부르는 게 어색해서요."

"팀장님만 팀장이라고 부르면 돼요. 아무튼 우리 지금 촬영장 가요."

"촬영장이요?"

"네, 오늘 '라이브 액팅' 오디션 보는 날이거든요."

"그럼 저희 지금 진짜 촬영장 가는 거예요?"

"네, 그렇죠. 그래도 두 분은 딱히 할 거 없으니까 긴장하지 말고요."

촬영장에 간다는 말에 태진은 어느 때보다 설레었다. 자신이 그렇게 봤던 TV 프로그램들이 어떻게 제작되는지 실제로 볼 수 있는 기회가 생겼기에 태진의 입꼬리가 어느 때보다 더 씰룩거렸다.

제6장

—

라이브 액팅

　태진은 ETV 제작 스튜디오에 마련된 대기실에 자리했다. 대기실 분위기는 태진이 상상하던 것과 너무 달랐다. 가끔 TV에 나오는, 연예인들이 있는 그런 대기실을 생각했는데 지금 있는 곳은 그냥 좁은 사무실이었다. 기대와는 영 다른 모습이었지만 태진은 실망할 마음도 들지 않았다.

　코로나 백신이 풀린 이후 첫 오디션프로그램이었기에 참가자들의 수가 엄청났다. 참가자들의 이름을 목록으로 봤을 때도 많다고는 생각했는데 실제로 모여 있는 것을 보자 어마어마했다. 그러다 보니 기대와 다른 대기실에 실망할 생각은 전혀 들지 않았다. 태진은 마치 자신이 오디션에 지원한 것처럼 긴장되었다.

　게다가 탁자 및 대기실 구석구석에 카메라까지 달려 있어 지금은 어떤 생각도 들지 않았다. 거기다 방송국 스태프들도 촬영을 위해서 이리저리 움직이고 있었다. 분주한 상황 속에서 새로이 팀에 배정받아 온 태진은 정신이 없었다. 그때, 자신을 방송국까지 데려온 이철준이라는 직원이 입을 열었다.

"긴장 안 해도 돼요. 화면에 우리는 안 나와요. 나와도 뒷모습이나 목소리 정도고 팀장님만 채이주 씨와 소통할 겁니다. 인사는 나중에 하고 저기 빈자리가서 잠깐 앉아 있어요."

태진은 모니터 밑 구석 자리에 앉아 바쁘게 움직이고 있는 사람들을 살폈다. 그런데 태진과 달리 1팀에 함께 배정받은 신입 직원은 궁금한 게 많은 모양이었다.

"저희는 오디션을 직접 보는 게 아니라 여기에서 보는 건가 봐요."
"그런가 보네요."
"에이, 아쉽다. 가까이서 볼 줄 알았는데. 그런데 그쪽은 너무 덤덤한데요? 안 궁금해요?"
"나중에 기회가 있겠죠."
"기회가 어디 있어요. 우리는 계속 여기서 있을 거 같은데. 제가 선배들한테 알아낸 바로는 1, 2차가 중요하다고 그랬어요. 그다음부터 팀이 꾸려지고 촬영하기 시작하면 우리 역할이 점점 줄어들 거라고 했거든요. 그럼 1, 2차가 중요한데 가까이서 봐야되는 거 아니에요? 내 말이 맞죠?"

태진의 생각은 달랐다. 1, 2차도 중요하지만 어떤 사람을 탈락시키고, 어떤 사람을 남겨야 하는지가 더 중요하다고 생각했다. 하지만 상대방이 자신의 의견에 확신을 갖고 말하는 것 같았기에 그냥 고개만 끄덕거렸다. 그때, 대기실 문이 열리더니 곽이정이 들어왔다.

"곧 시작하니까 다들 앉죠."

곽이정을 같은 팀으로 보자 태진은 반갑기도 하면서 곽이정의 기대감에 부응할 수 있을까 하는 생각에 약간 긴장이 되었다. 그때, 곽이정이 태진과 다른 신입 직원을 보더니 가볍게 웃었다.

"우리 팀 첫 배정된 날부터 이러니 정신없을 겁니다. 그래도 이렇게 현장에서 경험할 수 있는 기회가 쉽게 오는 것은 아닙니다. 그러니 집중할 수 있도록 합시다. 다른 분들도 마찬가지입니다. 그럼 준비합시다."

곽이정의 지시대로 팀원들은 빠르게 움직였다. 미리 준비한 자료를 각자 나눠 주었고, 거기엔 태진의 자료까지 준비되어 있었다. 태진이 받은 자료를 살펴보자 참가자들의 간단한 정보가 나와 있었고, 그중에는 2팀에서 태진이 봤던 사람들도 있었다. 그리고 몇몇 참가자들의 이름은 다른 사람들과 다른 색으로 표시되어 있었다.

'눈여겨볼 사람들이구나.'

그중에는 태진이 채이주에게 추천했던 '예천 최씨' 최정만도 있었다. 순서를 보니 오늘 참가하는 것 같았다. 태진은 뭔가 뿌듯한 표정으로 최정만의 정보를 읽었다.

[완성되지 않은 연기로 평가가 애매함. 다른 심사 위원의 반응을 보고 결정해도 늦지 않음.]

'어?'

좋은 평가를 기대했는데 그런 거랑은 거리가 먼 평가였다. 뭔가 이상했다. 채이주도 최정만을 소개했을 때 분명히 만족했는데 왜 이런 평가가 나왔는지 의아했다. 목록에는 직접 봤던 이름들도 있었기에 다른 참가자들이 최정만보다 연기가 더 나을 거라는 생각은 들지 않았다.

'채이주 씨는 마음에 들어 하는 거 같았는데.'

유일하게 자신이 추천했던 참가자라서 그런지 쉽게 눈이 떨어지지 않았다. 태진은 혹시나 하는 마음에 지금 자리에서 최고 책임자인 곽이정을 쳐다봤다. 하지만 곽이정은 물론이고 다른 선배들 모두가 고개를 숙인 채 자료만 쳐다보고 있었다.

그런 곽이정에게 어떻게 된 건지 묻고 싶었지만, 자신은 아직 정해진 팀도 없는 상태였다. 지금은 묻어 두고 기회를 봐서 얘기를 해야 하는 게 맞는 것 같았다.

그때, 방송국 스태프들이 스튜디오에서 신호를 받고는 최종적으로 점검을 하기 시작했다. 이윽고 녹화장에서 채이주가 사용할 태블릿과의 연결을 끝으로 녹화가 시작된다고 알렸다. 그러자 팀원들이 전부 모니터를 바라봤다. 태진의 자리가 모니터에서 가까웠기에 모니터를 보기 위해서는 고개를 하늘로 꺾어야 할 정도였다. 그때, 곽이정이 태진을 불렀다.

"보기 불편하니까 의자만 들고 이리 와요."

어지간하면 그냥 볼 텐데 자세가 불편했던 태진은 의자를 들고 곽이정의 옆으로 자리를 옮겼다. 앞에 테이블이 없어서 깍두기가 된 느낌이라 그렇지 화면을 보기에는 가장 좋은 자리였다.

잠시 뒤, 스튜디오에 자리 잡은 채이주와 또 연결을 확인했다.

ㅡ잘 부탁드립니다.

"미리 말했듯이 편하게 하시면 됩니다. 저희가 드리는 평가에 채이주 씨 의견만 덧붙이면 됩니다."

ㅡ알겠어요.

오늘 팀에 배정받았기에 어떤 대화가 오갔는지 알 수는 없었지만 준비를 많이 한 모양이었다. 곽이정과 채이주의 간단한 대화를 끝으로 촬영이 시작되었다. 첫 번째 참가자가 무대에 올라왔다. 동시에 대기실의 공기가 변했다. 대기실에 있던 직원들 모두가 방금 전과는 다른 눈빛으로 모니터를 보고 있었다.

'멋있다.'

참가자를 봐야 할 시간에 태진은 동료 직원들을 보며 감탄했다. 다들 손에 든 펜으로 무언가를 적기도 하고, 고개를 끄덕이거나 눈썹을 씰룩거리는 모습 하나하나가 굉장히 멋있게 느껴졌다. 그때, 메모를 하던 직원들이 곽이정에게 메모지를 건넸고, 곽이 그 메모지를 살펴본 뒤 태블릿에 무언가를 적어 보냈다. 그런 걸 보는 사이에 첫 참가자의 오디션이 끝나 버렸다.

'아……'

첫 참가자를 제대로 보지 못해 아쉽기는 했지만, 서둘러 정신을 차렸다. 그러고는 원래 자리에 있던 펜까지 들고 와 모니터에 집중했다. 그와 동시에 두 번째 참가자가 올라왔다. 태진은 집중하며 모니터를 바라봤다.

*   *   *

참가자들에게 주어진 시간은 무척이나 짧았다. 벌써 몇 명이

지났는지 기억도 나지 않았다. 참가자가 늘어날수록 처음 받았던 참가자 목록에 메모만 늘어났다. 이제 지금 올라오는 사람을 끝으로 한 타임이 끝나고 잠시 휴식을 갖기로 했기에 태진은 그동안 적어 둔 메모를 선배들에게 보여 줄 생각이었다. 그때, 마지막 참가자가 올라와 연기를 시작했다. 여느 참가자와 마찬가지로 태진에게는 별 감흥을 주지 않았다. 그때, 선배들과 곽이정의 입에서 감탄사가 들려왔다.

"오."
"호오오."

태진은 의아해하며 참가자의 연기를 살폈다.

'외모가 엄청 중요한가.'

아무리 봐도 연기는 볼품없었다. 따라 하고 싶은 생각이 들지 않을 정도였다. 그런데도 뛰어난 외모 덕분인지 아니면 자신이 보지 못한 무언가가 있는지, 이전에도 합격한 참가자들이 몇 있었다. 지금 참가자도 그렇지만 심사 위원들의 평가도 이해하기 어려웠다. 지금 채이주가 하는 평가도 태진은 이해가 되지 않았다.

―김영주 작가님의 '그늘' 저도 좋아해요. 영화로 보고 싶다고 생각했었는데 이 작품으로 오디션을 볼 줄은 몰랐네요. 전 좋게 봤어요. 작품 속 주인공은 어린 시절 양부모에게 당한 학대로 인해 끙

장히 어둡고 폐쇄적인 성향을 가져서 사람들을 멀리하는 사람이라고 생각했는데 강정진 씨의 연기는 어둡기보다는 사람을 두려워하는 것처럼 보였어요. 각자의 해석이 다를 수 있는데 전 좋게 봤습니다.

채이주는 선배들이 준 정보를 바탕으로 평가를 내놓은 것이었다. 태진은 '그늘'이라는 소설도 처음 들어봤다. 그래도 채이주의 평가만 들으면 해석 차이라고 볼 수 있었다. 하지만 태진이 느끼기에는 그냥 연기 자체가 이상했다. 지금 같은 공간에 있는 선배들도 모두가 경력자이다 보니 분명히 느낄 것이고, 자신이 알지도 못하던 '그늘'이라는 소설까지 알고 있는 사람들이 저런 연기를 보고 저런 평가를 하게 도와줬다는 것도 이상했다.

그런데 채이주만 그런 평가를 내놓은 것이 아니었다. 심사 위원들로 자리한 다른 배우들도 비슷한 평가를 내놓았다. 그러다 보니 자신이 보지 못한 무언가가 있는 것인가 하는 생각이 들며 그동안 일을 하며 쌓아 놓은 자신감이 약간 흔들리고 있었다. 그때, 곽이정이 밖으로 나가더니 양손 가득 봉지를 들고 들어왔다.

"팀장님, 저희한테 말씀하시지 왜 직접 들고 오세요."

"괜찮습니다. 도시락 괜찮아 보이네요. 하나씩 드세요. 지금 시간이 2시니까 2시 20분까지 드시고, 10분 동안 휴식하고 30분에 다시 모이는 걸로 합시다."

도시락은 ETV에서 마련한 것이었다. 나름 신경 써서 준비한 것이었는데 태진은 어떤 반찬이 있는지, 어떤 맛인지 느낄 여유가 없었다. 지금까지 자신이 세운 연기력의 기준이 헷갈리고 있었기 때문이다. 자신이 추천한 최정만의 평가는 물론이고, 볼품없다 생각하는 참가자들의 평가가 예상과 완전히 다르다 보니 기준이 흔들릴 수밖에 없었다. 선배들의 평가가 맞다면 자신의 장점이 사라지게 되는 것이었다. 그때, 옆에 자리한 곽이정의 목소리가 들렸다.

"다 먹을 수 있겠어요?"
"네?"
"시간 안에 다 먹을 수 있겠어요? 저번에 보니까 식사 빨리 하던데 입맛에 안 맞아요?"
"아! 아니에요."
"입맛 없어도 먹어요. 지금 아니면 요기할 여유가 없을 겁니다."

다른 사람들은 대부분 거의 식사를 다 해 가는 상태였다. 태진이 서둘러 밥을 입에 넣을 때 식사를 마친 직원의 목소리가 들렸다. 이번에 함께 합류한 신입 직원 임승아였다.

"마지막 참가자 권단우 씨 진짜 잘생긴 거 같아요. 자료 보면 아무런 활동도 없던 사람인데 사람이 저렇게 잘생길 수가 있구나 하는 생각이 들더라고요."

그러자 임승아의 사수이자 태진을 방송국까지 데리고 온 이 철준이 동의하듯 고개를 끄떡이며 말했다.

"잘생겼죠. 지금도 저런데 제대로 꾸며 놓으면 저 친구는 뜨는 건 시간문제예요."

"맞죠? 와! 생긴 것도 저런데 연기도 너무 잘하더라고요. 그러고 보면 세상 정말 불공평해요. 그림 같은 외모에 가슴에 와 닿는 연기력까지. 그냥 연예인 하라고 만들어 놓은 사기캐 같아요."

임승아의 감탄이 끝나자 기존 직원들이 피식거리며 웃었고, 일부는 재미있다는 표정으로 임승아를 쳐다봤다. 그때, 식사를 마친 곽이정이 태진을 쳐다보며 말했다.

"태진 씨는요?"
"네?"
"권단우 참가자 연기 어떻게 봤어요?"
"아."

질문 하나일 뿐인데 태진은 내적으로 갈등에 휩싸였다. 잘 보이기 위해서 같은 평가를 내놓아야 하는 건지 아니면 느낀 대로 말을 해야 되는 건지 고민되었다. 잠시 입을 다물고 있어서인지 팀원들의 시선이 태진에게 집중되었다. 그리고 다른 팀에서 들었는지 이미 태진에 대해서 알고 있던 사람들도 있었다.

"저 친구가 김정연 작가가 우리 회사 칭찬하게 만든 장본인일 걸요?"
"이정훈이랑 빌 러셀 영입한 애가 쟤였어요?"
"그럴걸요? 저 표정 봐요. 시크해서 아주 그냥 누구한테 잘 보일 필요도 없다 이거죠."
"그러네요? 보통 신입이면 어리바리하고 그런데 그런 게 전혀 없어요. 원래 방송국 처음 오면 신기해하고 얼타고 그래야 되는데 뭘 해도 시큰둥하고."

주변에서 그럴수록 태진의 입은 쉽게 떨어지지 않았다. 남들과 다른 평가를 적어 둔 메모를 쳐다보며 말해도 되는지 고민하고 있었다. 그때, 태진을 보고 있던 곽이정이 태진의 시선 끝에 있던 메모를 봤다.

"좀 보죠."

곽이정은 곧바로 태진의 메모를 가져가더니 읽기 시작했다. 그렇게 말없이 한참을 읽어 가다 보니 태진에게는 면접 볼 때보다 더 긴장된 순간이었다. 마침내 다 읽은 곽이정이 다시 태진에게 메모를 건네주었다. 그러고는 태진을 가만히 쳐다봤다.

*　　　　*　　　　*

메모를 본 곽이정은 태진을 뽑은 자신의 선택을 스스로 칭찬했다. 연기를 알아보는 것에 대해선 기존 직원들보다 더 탁월했다. 마치 연기를 공부한 사람처럼 세세하기까지 했고, 보는 눈도 정확했다. 부족한 부분이 보이긴 했지만, 그건 사업적인 부분이었다. 그런 부분이야 자신이 해결할 수 있는 부분이었다. 곽이정은 다시 태진에게 자료를 건네주며 말했다.

"좋은데요. 직접 말하는 게 좋겠군요."

곽이정의 칭찬이 더해지자 팀원들은 더욱 기대하며 태진을 봤다. 기대감 가득한 시선이 부담되긴 했지만, 곽이정의 칭찬에 힘입어 입을 열었다.

"제가 본 권단우 씨는 지금까지 봤던 참가자들 중 가장 연기력이 떨어졌습니다. 감정을 보여 주려 하는 건 알겠는데 너무 과했어요. 채이주 씨 평가에는 사람을 두려워한다는 느낌이라고 그랬는데 저는 두려워하는 게 아니라 그냥 깜짝 놀라는 것 같았어요. 갑자기 뭐가 튀어나와서 놀라는 그런 모습이요."

팀원들 중에는 고개를 끄덕이는 사람도 있었고, 재미있다는 듯 웃고 있는 사람도 있었지만 모두가 태진을 기특하다는 듯 쳐다봤다.

"그리고 그 깜짝 놀라는 게 너무 과하다 보니까 발음까지 이
상했습니다. 어눌한 발음이 아니라 혀가 꼬이는 것처럼 들렸어
요."

태진의 평가를 들은 곽이정은 만족스러운 표정으로 입을 열
었다.

"그래서 X를 쳤군요?"
"네……."
"그럼 우리가 권단우 씨에게 좋은 평가를 준 이유가 궁금하겠
고요?"

곽이정은 물론이고 팀원들까지 미소를 지으며 태진을 봤다.

"저 사람은 천재예요."
"네?"
"천재에도 종류가 많잖아요. 저 사람은 얼굴 천재죠. 물론 태
진 씨가 말한것처럼 연기력은 볼품없지만."
"지금 배우 뽑는 오디션 아닌가요……?"
"맞습니다. 배우 뽑는 오디션이라고 해도 회사에 도움이 되
는 일인데 가만있을 순 없죠. 다른 회사들 평가를 봤듯이, 다들
우리하고 같을 겁니다. 아마 권단우 씨는 당장은 배우로 나오기
는 힘들겁니다. 연기력보다는 이미지가 중요한 광고부터 시작되
겠죠? 물론 연기력까지 조금만 받쳐 준다면 좋은 광고로 시작을

하겠지만."

"그럼… 저분은 끝까지 올라가나요?"

"아니죠. 그냥 사람들한테 얼굴 한 번 비출 수 있을 만큼만 올라갈 겁니다. 다음 라운드가 끝이겠죠."

태진은 속으로 헛웃음을 삼켰다. 다들 연기만 보는 게 아니라 다른 것들도 보고 있었던 것이다. 하지만 당황하진 않았다. 이전보다 봐야 할 게 많아지긴 했지만 사실 어려운 건 아니었다. TV를 보면서 광고 또한 수도 없이 봐 왔으니까. 그때, 곽이정이 웃으며 말했다.

"우리가 저 사람을 모델로 추천하려면 어떤 광고에 프로필을 보내야 할까요?"

잠시 생각하던 태진은 어렵지 않게 대답을 했다.

"외모가 뛰어나니까 제품 광고보다는 서비스광고 같은 게 어울릴 거 같아요. 그중에는 아직 알려진 사람이 아니니까 인터넷 광고가 좀 더 좋을 거 같고요. 소개팅 어플 이런 것도 좋아 보여요."

곽이정은 눈썹까지 씰룩거리며 미소를 지었다. 그러고는 태진을 보며 말했다.

"태진 씨, 오후 타임부터는 참가자들 평가 메모해서 나한테 줘요. 아, 임승아 씨라고 했죠? 승아 씨도 메모해서 주시고요."

대답이 마음에 들은 모양이었다. 태진은 티는 나지 않았지만 기분 좋은 미소를 지었다. 곽이정의 칭찬에 자신의 실력에 대한 고민 또한 눈 녹듯이 사라져 버렸다. 그때, 휴식이 끝나며 오디션을 이어 가기 위해 심사 위원들이 스튜디오에 들어왔다. 그와 동시에 오후 타임의 첫 번째 참가자가 등장했다. 기존 조사에서 굉장히 박한 평가를 받은 참가자였기에 팀원들은 별생각 없이 모니터를 지켜봤다.

─안녕하세요. 19번 참가자 오유정입니다. 어… 제가 준비한 연기는… 드라마 '돈벼락'에서 주인공에게 처음 돈이 생겼을 때의 장면이에요.

긴장이 되는 모양이었다. 오전에도 저런 참가자들이 많았기에 태진도 별생각 없이 지켜볼 때 심사 위원들 중 누군가가 입을 열었다.

─저기, 누가 오유정 씨한테 물 좀 주세요. 지금 손 떨고 있는데 물 좀 마시고 진정하고 하세요.
─아! 감사합니다!

참가자 오유정에게 말을 건 사람은 다름 아닌 채이주였다. 그동안의 다른 참가자들과는 다른 배려에 다른 심사 위원들도 의아해하며 오유정을 쳐다봤다. 그러자 채이주가 미소 지은 채 입을 열었다.

—손을 떠는 게 여기까지 보여서요.

실제로 차려 자세로 있는 오유정의 손이 수전증을 심하게 겪는 사람처럼 떨고 있었다. 그러자 다른 심사 위원들도 가볍게 웃고는 오유정이 물을 마실 동안 긴장을 풀 수 있도록 한마디씩 해 주었다. 그로 인해 분위기가 조금 가볍게 바뀌었다. 다만 MfB 1팀이 있는 대기실은 분위기가 달랐다.

"채이주 씨 갑자기 왜 저래요. 오유정 평가도 별론데 왜 시키지도 않은 말을 하는 거지?"

"아, 가뜩이나 심사 위원 뽑힌 걸로 말 많은데 그냥 평가에만 집중하지."

"자기 기준대로 뽑으려고 그러는 거 아니겠죠? 며칠 전에도 이상한 참가자들 정보 가져와서 어떠냐고 묻고 그랬잖아요. 맞다! 저번에 우리 팀이랑 상의하되 한두 명 정도는 자기 마음대로 뽑고 싶다고 그랬는데!"

"저 사람 뽑으면 곤란한데. 자기 연기가 똥이니까 저런 똥 연기 하는 참가자를 뽑았다는 소리 들을 거 아니야."

잠시 물 좀 마시고 긴장 풀라는 한마디로 어디까지 생각하는 건지 태진은 이해가 되지 않았다. 그동안 자신이 지켜본 채이주는 생각보다 남의 의견도 잘 받아들였고, 자신의 연기에 대한 평가를 듣고 싶어 하는 걸 봐서는 연기에 대한 욕심도 있었다. 그리고 그동안의 연기 경험으로 인해 연기력을 알아보는 눈도 꽤 괜찮다고 생각했는데 팀원들은 그렇게 생각하지 않는 모양이었다. 그때, 곽이정이 소란스러운 분위기를 정리하기 위해 나섰다.

"훈훈한 이미지도 얻을 수 있을 것 같아서 괜찮은데 왜들 그래요."
"그림이야 좋은데 자기 기준대로 뽑을까 봐 걱정돼서 그러죠."
"아직 평가를 한 것도 아닌데 사서 걱정하지 말고 일단 지켜봅시다."

그때, 참가자 오유정의 연기가 시작되었다.

─여기부터 저기까지 전부 주세요. 아니! 당신 말고! 저분, 저분에게 부탁할게요.

참가자의 연기를 보던 태진은 괜히 자신의 볼을 쓰다듬었다. 어떤 장면을 연기하는 건지는 알겠는데 보는 사람마저 어색하게 만드는 연기였다. 도대체 예선을 어떻게 통과했는지 의심하게까지 만드는 연기였다. 잠시 뒤 참가자의 연기가 끝나자 곽이정 또한 별다른 평가를 할 필요가 없었기에 채이주에게 X라는 신호만 보냈다.

참가자의 준비한 연기가 끝나자 심사 위원들이 저마다 같은 표정으로 한숨을 뱉었다. 그런데 그 사이에서 채이주만 미소를 짓고 있었다. 그러자 심사 위원들 중 한 명이 채이주에게 심사 평을 먼저 하라고 손을 들어 올렸다.

"왜 저러지. 진짜 뽑는 거 아니겠죠?"

채이주의 표정 때문에 곽이정 역시 걱정되는 마음에 인상을 찡그렸다. 다른 심사 위원들의 표정만 봐도 혹평이 이어질 텐데 채이주만 호평을 내놓는다면 시청자들의 반응은 안 봐도 뻔했다. 다만 태진은 뭔가 이상했다. 마치 지금 채이주의 미소는 드라마에서 보여 줬던 그런 어색한 모습이었다.

'왜 저렇게 웃는 거지. 좋은 이미지 만들려고 저렇게 웃는 건가. 뽑을 것 같진 않은데.'

그때, 채이주의 심사 평이 시작되었다.

—여기부터 저기까지. 당당하게 느껴지려고 연기한 거죠? 제가 느낀 게 맞죠?
—네? 네! 맞습니다!

채이주의 질문에 태진도 당황함은 물론 팀원들은 한숨을 뱉어 뎄다. 그와 동시에 곽이정은 서둘러 채이주에게 메시지를 보냈다. 하지만 모니터 속 채이주는 태블릿 PC를 아예 보지 않고 있었다. 그때, 채이주의 표정이 약간 자연스러워지더니 말을 뱉기 시작했다.

―그런데 해석을 잘못한 거 같아요. 오유정 씨는 마치 지금의 장면만 부각시키려고 일부러 팔짱까지 끼면서 당당해 보이려고 하는 거 같거든요. 그런데 연기는 그게 아니에요. 저도 최근에 좋은 스승님한테 연기를 배우면서 알게 된 게 있는데 한 씬만 생각하고 연기를 하는 게 아니에요. 앞이나 뒤, 전후의 배경까지 고려하면서 연기를 해야 해요. 지금도 갑자기 부자가 됐다고 없던 당당함이 하루아침에 생기는 건 아니잖아요. 점점 익숙해지면서 변해 가는 거지.

―아… 네.
―원래 그 역을 연기했던 강유주 씨가 했을 때는 여기서부터 저기까지라고 말하면서도 고민했잖아요. 그리고 손가락 위치를 조금 옆으로 옮기기까지 했고요. 재밌는 장면이긴 한데 재미만 주려고 그런 연기를 괜히 한 게 아니에요. 앞으로 그런 점을 고려해서 좀 더 넓은 시야를 가지고 연기에 임했으면 좋겠어요. 오늘은 아쉽지만 전 불합격드릴게요.

채이주의 심사 평이 끝나자 다른 심사 위원들이 약간 놀란 듯 눈썹을 씰룩거렸다. 그중 플레이스의 소속으로 심사 위원을 맡은 배우 유재섭은 채이주에게 웃으며 엄지까지 치켜세웠다.

―저도 채이주 심사 위원과 동감입니다. 오유정 씨의 연기는 마치 음… 마트 라면 코너에 가서 '여기부터 저기까지' 다 주세요, 하는 기분이었어요. 배우가 되려면 많이 노력해야 될 것 같네요.

다른 심사 위원들도 마찬가지로 악평을 내놓았고, 그와 동시에 1팀 팀원들은 안도의 한숨을 뱉어냈다.

"어우, 놀래라."
"저도요. 마스터 찬스 카드 쓰는 줄 알았네!"
"우리하고 있을 때는 한 번도 안 웃더니 괜히 배우가 아니네요. 연기 못해도 배우는 배우네."

곽이정 역시 채이주의 평가가 마음에 들었는지 미소 지으며 팀원들에게 물었다.

"채이주 씨 요즘 연기 배우나요?"
"매니저 팀에 물어볼까요?"
"아닙니다. 아마 그냥 뱉은 말 같습니다. 지금 오디션 준비하기도 시간이 부족했는데 연기까지 배웠을 리가 없죠. 아마 자신 연기력 지적을 고려해서 배운다고 말한 거 같군요."
"오! 그렇겠네요. 채이주 씨 다시 봤네. 말 잘하는데요?"
"그러게요."

채이주를 칭찬하는 다른 팀원들과 달리 태진은 모니터를 뚫어져라 쳐다봤다. 채이주의 평가는 예전에 자신이 그녀의 연기를 평가하면서 했던 말과 비슷했다.

'설마 좋은 스승님이… 난가? 설마, 아니겠지.'

아닐 거라고 생각했지만, 아무래도 자신이 했던 말과 너무 비슷했다. 그러다 보니 얼떨떨하면서도 미소가 피어올랐다. 물론 알아보는 사람은 없었지만. 그때, 또 다른 참가자가 무대에 올라왔다. 그와 동시에 채이주의 평가에 기분 좋아하던 태진이 자신도 모르게 입을 열었다.

"어? 예천 최씨."

반가운 마음에 말이 입 밖으로 튀어나오자 팀원들이 태진을 쳐다봤다. 곽이정도 궁금했는지 질문을 했다.

"예천 최씨? 아는 사람입니까?"
"아! 그건 아니고요. 리스트에서 봤던 참가자거든요."

최정만의 연기가 늘고 있는 건 사실이지만, 아주 뛰어나다고 볼 순 없었다. 연기력만 놓고 보면 지금까지 본 참가자들과 크게 다르지 않을 것이었다. 하지만 연기가 느는 속도가 굉장히 빠른 편이었기에 추천을 하고 싶었다. 다만 참가자들의 정보가 담긴 자료에서 최정만의 평가는 꼭 잡아야 한다는 평가가 아니었다. 추천을 하더라도 오디션에서의 연기를 보고 난 뒤 추천을 하는 게 좋을 것 같았다. 그때, 최정만의 간단한 인사가 시작되었다.

─안녕하세요. 최정만입니다. 제가 준비한 연기는 '슬픈 향기'라는 드라마 중 주인공 백인태가 아버지와 말다툼하는 장면입니다. 열심히 하겠습니다!

몸에 맞지 않는 커다란 체크무늬 정장을 입고 있었다. 그런 최정만의 인사와 함께 심사 위원들의 표정이 잡혔다. 그중에는 웃고 있는 채이주도 있었다.

'이번에는 연기가 아니라 진짜로 웃는 거 같은데?'

*   *   *

심사 위원석에 자리한 채이주는 무대에 올라온 최정만을 보며 활짝 웃었다. 마치 아는 사람을 대하는 듯 반갑게 웃고 있었지만, 크게 문제 되지는 않았다. 이미 다른 참가자들이 무대에 올라왔을 때도 같은 미소를 지었기 때문이었다.

앞서 오디션을 본 참가자들에게는 미안하지만, 참가자 리스트를 본 순간부터 최정만의 연기가 얼마나 늘었을지가 궁금했다.

하지만 최정만이 무대 경험이 없는 사람이다 보니 긴장을 할 수도 있다는 생각이 들었다. 그렇다고 최정만만 편애할 수가 없었기에 다른 참가자들에게도 같은 대우를 해 준 것이었다.

'잘했으면 좋겠다.'

기대가 되면서도 한편으로는 걱정도 있었다. 다른 심사 위원들 때문이었다. 자신보다 경험도 많은 건 물론이고 자신과 다르게 연기 하면 손꼽히는 선배 배우들이었기에 못 알아볼 리가 없었다. 그러다 보니 잘했으면 좋겠다는 마음도 들면서 자신만 알아볼 수 있을 정도로만 연기를 해 줬으면 좋겠다는 마음이었다. 그때, 인사를 마친 최정만이 연기를 시작했다.

"나쁜 일 해서 번 돈 아니에요. 그러니까 받아 주세요."

최정만은 봉투까지 준비했는지 손에 봉투를 들고 있었다. 그리고 그 봉투가 구겨지도록 꽉 쥐고는 고개를 푹 숙였다. 그런데 고개를 숙이는 시간이 꽤 지속되었다. 오디션임에도 불구하고 그렇게 한참이나 아무런 말이 없었다. 모르는 사람이 본다면 실수라고 생각할 수도 있는 장면이었다. 그때, 최정만이 고개를 들어 올렸다.

"나쁜 일 해서 벌었다고 쳐요. 그게 뭐요. 나쁜 일 해서 번 돈이면 어때요. 이렇게 궁상맞게 지내는 거보다는 백배 천배 낫잖아요!"

그 대사와 함께 최정만의 고개가 획 돌아갔다. 약간 어설프긴 했지만 따귀를 맞은 모습을 표현하고 싶은 것 같았다. 그와 동시에 최정만의 어깨가 들썩이더니 마이크를 타고 들어온 콧바람 소리가 들렸다.

"그렇게 정직하게 살아서 지금 이 꼴이에요? 고작?"

최정만은 따귀를 막으려는 행동을 하려고 손을 들어 올렸다. 곧이어 들어 올린 손을 패대기치듯 거칠게 떨쳐 냈다.

"그럼 계속 이렇게 사세요! 평생! 죽을 때까지 이렇게 사시라 고요!"

그 말을 끝으로 등을 돌리더니 밖으로 나가는 시늉을 했다. 그러고는 정장 재킷을 벗어 땅바닥에 집어 던지더니 그걸로 부족했는지 들고 있던 돈 봉투마저 거칠게 내던졌다. 하지만 그 것도 잠시, 이내 봉투와 재킷을 물끄러미 바라보았다. 그러고는 큰 한숨과 함께 쪼그려 앉아 다시 재킷과 봉투를 집어 들 었다.

"아… 괜히 샀어."

조심스럽게 재킷에 묻은 먼지를 털어 내고 집 문을 향해 등을 돌린 그는 문을 가만히 쳐다보더니 조심스럽게 봉투를 끼워 넣었다.

"버리든 말든!"

그 대사를 끝으로 최정만은 거친 한숨을 뱉으며 인사를 끝으로 자신이 준비한 연기가 끝났음을 알렸다.

채이주는 기분 좋은 미소를 보이며 테이블 밑으로 조그맣게 박수까지 쳤다. 보지 못한 드라마였기에 기존 배우가 했던 연기를 알 수는 없었다. 하지만 최정만의 연기만 놓고 보면 Y튜브의 마지막 영상 때보다 확실히 늘었다. 아니, 비교하기가 힘들 정도로 늘었다. 그래서 걱정도 더 커져 버렸다. 이주는 서둘러 다른 심사 위원들의 표정을 살폈다.

'어?'

예상과 다르게 반응이 없었다. 자신이야 내색하지 않으려고 표정을 숨겼지만, 다른 심사 위원들은 그럴 이유가 없었다. 심사 위원인 만큼 표정이 바로바로 드러나는데 다들 딱히 드러나는 표정이 없었다. 그때, 한 심사 위원이 먼저 입을 열었다.

"슬픈 향기가 어떤 드라마였죠? 미안한데 제 기억에 없네요."
"ETV에서 했던 드라마입니다."

"ETV요. 지금 여기?"

"네."

"ETV 개국하고 두 번째 드라마였을 겁니다."

"그래요? 그런데 왜 기억에 없지."

"시청률이 낮아서 다들 모르시더라고요."

연기할 때보다 더 긴장된 모습의 최정만은 질문에 열심히 답했다. 준비한 연기를 만족스럽게 펼쳤기에 어떤 평가를 해 줄지 기대되었다. 그런데 대답에 돌아오는 평가가 예상과 달랐다.

"연기를 따로 배운 적은 없네요?"

"네! 없습니다."

"연기는 그냥 괜찮네요. 그런데 작품 선택이 실수 같아요. 기존 작품을 가져올 경우 알 만할 걸 가져오는 게 좋거든요. 괜히 많은 참가자들의 작품이 겹치는 게 아닙니다. 혹시 이 작품을 선택한 이유가 있나요?"

"제가 잘할 수 있을 만한 작품을……."

"그런데 어떻게 다르게 해석했는지 알아볼 수가 없네요. 남들과 다르고 싶은 건 알겠는데, 경험이 부족해서인지 작품 선택이 실수 같네요. 다음에는 좀 더 많이 고민하고 참가했으면 좋겠네요. 전 아쉽지만 불합격할게요."

억지로나마 짓고 있던 최정만의 미소가 조금씩 굳어 갔다. 굉장히 어색한 표정으로 다음 평가를 기다렸다. 다음 심사 평도

앞선 평가와 크게 다르지 않았다. 연기에 대한 지적은 별로 없고, 작품 선택에 대한 평가만 내놓았다. 그러다 보니 최정만은 이제 미소마저 사라진 어색한 표정이 되어 버렸다.

그런 최정만을 보는 채이주도 약간 당황했다. Y튜브에 있는 연기를 기준으로 평가할 수도 없는 상황이었기에 지금 연기에 대한 작품을 얘기해야 되는데, '슬픈 향기'라는 드라마는 들어 본 적도 없었다. 그래서 1팀에서 정보를 보내길 기다리고 있는데 1팀도 정보가 없는 모양인지 전달이 늦어지고 있었다. 그때, 태블릿에 X 표시와 함께 인 이어를 통해 1팀장의 목소리가 들려왔다.

채이주는 굉장히 당황스러운 상태였다. 1팀에서 보낼 정보를 기대하며 기다렸는데 X 표시와 함께 앞서 평가를 내렸던 다른 심사 위원들과 다르지 않은 평가를 보내 왔다.

―작품 초이스가 문제라고 봅니다. 그 부분에 대해서 말씀하시고, 연기는 평범하니 좀 더 노력해서 다음 오디션을 준비하면 좋은 성과가 있을 거라고 말씀하시면 됩니다.

그 말을 끝으로 통신이 끊어졌다. 그러는 사이 어느새 다섯 명의 심사 위원 중 세 번째에 자리한 자신의 차례가 다가왔다.

"전 마지막에 할게요. 정리가 필요해서요."

양해를 구하며 미소를 지은 채 순서를 넘겼지만, 옆자리에 자리한 선배 배우의 표정을 보아 크게 내색하고 있진 않아도 못마

땅해하는 것이 느껴졌다. 하지만 지금은 그런 시선이 중요한 게 아니었다. 1팀과 다시 얘기할 시간을 버는 게 더 중요했다.

채이주에게서 순서를 넘겨받은 배우는 배우답게 속마음을 숨긴 채 심사를 하기 시작했다.

"저도 '슬픈 향기'를 보진 못했는데 최정만 씨가 준비한 걸 보면 시대가 70, 80년도 같은데, 맞나요?"

"네? 네! 맞습니다."

"그렇군요. 전 그 부분에서 조금 아쉬워요. 요즘 드라마 시장 보면 사극이 아닌 시대극은 별로 없어요. 있다 하더라도 불과 10년 전? 그 정도인데 지금 작품은 거의 50년 전이죠? 그렇게 성공한 드라마들이 있긴 하지만 그건 추억을 공유하며 시청자와 소통을 하는 느낌인 반면 '슬픈 향기'는 정극에 가까워 보여요. 지금 시대에 살고 있는 젊은이들은 그 시대를 이해하기 어렵죠. 흔히들 꼰대라고 하는데, 꼰대 알죠?"

"네……"

"꼰대들의 추억이라고 생각하게 마련이죠. 차라리 현대를 배경으로 해석을 해 보는 건 어땠을까 하는 생각이 드네요. 저도 아쉽지만 불합격입니다."

그 말을 들은 최정만의 고개가 떨어짐과 동시에 태블릿을 보고 있던 채이주가 고개를 빠르게 들어 올렸다.

XXX.

총 5표 중 이미 3개의 불합격을 받았기에 탈락 확정이었다. 하지만 아직 끝난 것이 아니었다. 심사 위원들에게 주어지는 한 번의 기회가 있었다.

마스터 찬스.

마스터 찬스 카드를 쓰더라도 그에 맞는 평가가 필요했기에 채이주는 초초해하며 태블릿을 쳐다봤다. 1팀에서 생각을 바꾸지 않는다면 작품에 대한 정보라도 얻고 싶은 생각이었는데 1팀도 '슬픈 향기'에 대한 정보가 없는지 아니면 알려 주려 하지 않는 건지 답장이 없었다. 그때 태블릿에 메시지가 도착했다.

[가장 마지막으로 심사.]

방금 전까지만 하더라도 불합격이라고 통보하듯 알려 주던 1팀장에게 무슨 변화가 있는 것 같았다. 때문에 채이주는 바로 무슨 말이라도 더 오기를 초조하게 기다렸다. 기다리는 동안 혹시라도 1팀에서 원하는 평가가 안 올 수도 있다는 생각에 나름대로 평가를 적어 갔다. 그때, 가장 구석에 자리한 플레이스 유재섭의 평가가 시작되었다.

"고생했어요. 아이고, 전 작품을 배제하고 얘기하고 싶어요.

저도 사실 '슬픈 향기'를 못 봤거든요. 하하."

"후후……."

최정만은 자조적인 웃음을 뱉었다. 이미 탈락 확정이었기에 평가가 전혀 기대되지 않았다. 그때, 유재섭의 평가가 이어졌다.

"그래도 연기만 놓고 얘기하면 전 합격이에요."

"네?"

"제가 합격드린다고 달라지는 건 없겠지만 그래도 제 기준에서. 다른 심사 위원분들도 자신만의 기준이 있겠지만 제 기준에서 말하는 거예요. 전 좋게 봤어요. 아직 어설프긴 하지만 디테일도 살아 있었고요. 특히 호흡이 굉장히 좋더라고요. 아, 본인 호흡 말고 상대방과의 호흡이요. 이럴 게 아니라 저랑 한번 해 볼까요? 처음 했던 대사 해 볼래요?"

탈락이란 건 변함이 없었지만, 기대하지 않던 호평에 약간의 기운이 생겼다. 최정만은 좋은 평가에 힘을 내 첫 대사를 뱉었다.

"나쁜 일 해서 번 돈 아니에요. 그러니까 받아 주세요."

"나쁜 일? 나쁜 일이 아니라고? 사람들 등쳐 먹어서 돈 버는 게 나쁜 일이 아니라고? 됐다. 도로 가져가라."

유재섭은 진심으로 연기를 펼치며 상대역을 해 주었다.

"이런 느낌 맞죠?"

"네, 맞습니다."

"제가 드리고 싶은 말은, 최정만 씨의 연기는 보통 오디션에서 보던 연기하고는 달라요. 다들 자기 연기에 집중하는데 최정만 씨는 상대방의 호흡을 맞추면서 따라가는 게 느껴지거든요. 제 가 대사 할 때도 표정이 천천히 변하잖아요. 그러면서 다음 대 사를 준비하고. 전 그런게 참 좋게 보였어요. 연기도 안 배웠다 면서 그런 건 어디서 배웠어요. 이런 건 연기 안 하면 잘 모르는 데. 아는 배우라도 있어요?"

"아! 아니요. 그냥 제 구독자분이 이렇게 하면 좋을 거 같다고 해서요."

"구독자요?"

"제가… Y튜브를 하거든요."

"아! Y튜버. 유명하신 분인데 저희가 몰라본 건가……?"

"아닙니다. 시작한 지 얼마 안 됐어요."

"하하하, 그래요. 아무튼 연기 잘 봤고요. 흠, 아쉽네요. 다음 에 좋은 기회가 되면 꼭 만나요."

유재섭은 O 버튼을 눌러 합격을 주었다. 처음으로 합격을 받 았다. 탈락이 확정이긴 해도 그동안 열심히 준비한 걸 알아봐 준 덕분에 힘이 생겼다.

'탈락인데도 알아봐 주니까 기분은 좋네. 후련하다.'

최정만은 아까보다 훨씬 편해진 표정으로 심사 위원 중 마지막으로 남은 채이주를 봤다. 그런데 채이주의 표정이 어딘가 이상했다.

채이주는 굉장히 당황스러운 상태였다. 이제 자신의 순서였는데 1팀에서 아직까지 어떤 정보도 주지 않고 있었다. 아무래도 자신이 적어 놓은 대로 평가를 해야 될 것 같았다. 하지만 자신이 쓴 평가는 스스로가 봐도 이상했다. 그때, 인 이어를 통해 1팀장의 목소리가 들려왔다.

─시간 없으니까 들리는 대로 말씀하시면 됩니다. 여기요, 태진 씨.

채이주가 고개를 끄덕이면서도 자신이 원하는 평가가 아니면 어떻게 하나 걱정할 때, 익숙한 목소리가 들려왔다.

─슬픈 향기는 IPTV가 보급된 지 얼마 안 됐을 때 방영된 거라 평균 시청률이 아마 0.8%였을 거예요. 그리고 재미도 없긴 했거든요. 그런데 출연한 배우들의 연기력은 상당했어요.

채이주는 너무 반가운 나머지 평가할 생각은 않고 굉장히 환하게 웃기만 했다.

제7장

—

후회 없는 선택

몇 분 전. 최정만의 연기를 본 태진은 올라오는 소름을 가라 앉히기 위해 볼을 쓰다듬었다.

'그사이에 또 늘었네.'

마지막 영상과는 비교가 안 될 정도로 최정만의 연기가 늘었다. 예전에 느꼈던 조급해 보이는 것도 많이 고쳐졌고, 자신만의 해석을 해서인지 연기를 보는 중에도 다른 배우가 떠오르지 않았다. 그렇다고 따라 하지 못할 정도는 아니었다. 아직 그런 수준의 연기는 아니었다.

'뽑히겠네. 다들 어떻게 봤으려나. 아⋯⋯.'

그런데 팀원들의 반응은 기대와 달랐다. 다른 참가자들을 볼 때와 다를 게 없었다.

"후, 이 친구도 그럭저럭이죠? 수준이 전부 비슷비슷하네."

"연기는 둘째 치고, 뭐 저런 걸 들고 나왔을까요? 슬픈 향기 아시는 분?"

"지금 검색해 봤는데 정보가 아예 없는데요? ETV에도 그냥 주연 이름만 있고 다른 정보가 없어요. 새싹위키에조차 없는데요?"

연기가 늘었다고 하나 지금은 다른 참가자들에 비해 뛰어난 수준은 아니었다. 하지만 그렇다고 부족하지도 않았다. 그래서 더 들고 온 작품이 마이너스가 되고 있었다.

"음, 일단 보류할까요? 사전 평가 누가 한 거예요? 정확하네."

"그거 2팀에서 했어요. 뭐, 특별히 뛰어난 게 없으니까 애매하죠?"

"일단 다른 팀 반응 보고 가는 게 나을 거 같은데요?"

"그래도 일단 슬픈 향기 정보부터 찾아보죠. 팀장님, 이렇게 할까요?"

그때, 말없이 팀원들의 대화를 듣던 곽이정이 태진의 메모를 힐끔 봤다.

'합격?'

태진의 자료에 적힌 동그라미 표시가 곽이정을 궁금하게 만들었다. 자신이 보기에도 특별한 것은 없는 연기였는데 무엇을 보고 합격을 준 것인지 궁금했다. 태진이 아직 신입이긴 하지만 예전 실무 면접 때 추천했던 박승준도 예사롭지 않았었다.

"팀장님?"

곽이정은 팀원들의 부름에 곧바로 표정 관리를 하고선 말했다.

"슬픈 향기 아는 사람이 아무도 없어요?"
"......"
"다들 많이 노력합시다. 여기 나온 주연배우가 나성진 씨죠. 우리가 스카웃할 수도 있는 일인데 누가 나왔는지, 어떤 내용인지는 알아 둬야 할 거 아닙니까."

사실 이건 곽이정도 방금 들은 정보였다.

"정말 아무도 없습니까? 중호 씨? 은미 씨? 아무도 몰라요?"

곽이정은 원하는 종착지를 가기 위해 한 사람씩 찍어 가며 물었고, 아무도 대답을 하지 못했다. 하지만 상관없었다. 전부 태진의 대답을 듣기 위한 과정이니까. 그리고 마지막으로 태진의 순서에 다다랐다.

"태진 씨?"

질문을 받은 태진은 당연히 슬픈 향기를 알고 있었다. 드라마 전체를 완벽하게 기억하진 못했지만, 최정만이 연기했던 부분은 확실히 기억하고 있었다. 태진이 기다리던 ETV가 개국하고 두 번째 드라마였다. 사고 후 누군가를 흉내 낼 수 있다는 걸 알고 드라마든 뭐든 닥치는 대로 보고 따라 하던 시기였다. 다만 아무도 대답하지 않았기에 대답을 해야 되나 고민되었다. 그때, 왜인지 곽이정이 자신에게만 또 되물었다.

"태진 씨, 정말 몰라요?"
"조금은 알아요."
"조금이라도 얘기해 보세요."
"드라마가 전체적으로 좀 어두운 편이라 인기가 없어서 시청률이 낮았어요. 그리고 동 시간대에 했던 드라마가 아마 '목민심서'였을 거예요."
"그렇죠. '목민심서'가 시청률로만 보면 아직까지도 순위권에 드는 드라마니까요."

태진은 내심 놀랐다. 역시 곽이정은 모르는 게 없었다.

"한 사람이라도 슬픈 향기에 대해서 알고 있으니 그나마 다행이군요. 태진 씨는 최정만 씨가 연기한 장면도 알고 있습니까?"

"네, 그 부분은 기억하고 있어요."

"내가 기억하기로는 비슷하면서도 다르게 해석한 거 같은데."

"아! 저도 그렇게 봤어요."

"어떻게 봤는지 들어보죠."

곽이정은 채이주에게 메시지를 하나 보내고는 태진을 봤다.

"연기만 놓고 보면 조금 비슷해요. 그런데 중간중간 보여 주는 행동 때문에 원래 느낌을 지우고 자신만의 연기인 것처럼 느껴져요."

"대사 없이 가만히 있을 때 말하는 거군요. 재킷을 집어 던진다거나 봉투를 움켜쥔다거나 하는 행동이요."

"네. 원래는 그런 장면이 없거든요. 자신이 어렵게 서울 살이하는 걸 숨기려고 세탁소에서 빌려 온 옷을 조심히 입으려는 장면은 있는데……"

"그렇죠. 아버지에게 도움을 주려고 세탁소에서 빌려 입었죠. 그래서 옷이 몸에 맞지 않는 거고요."

"맞아요! 그런 디테일까지 신경 쓴 거 같아요. 누나한테 집이 힘들어졌다는 걸 듣고서 돈까지 빌려서 내려온 거거든요."

태진은 이어지는 대화에 즐거워하며 말을 이었다.

"옷을 던지고 다시 급하게 줍는 행동으로 주인공의 상황을 알 수 있도록 연기를 한 거 같아요. 거기다 중간중간 연기를 멈춘 것도 상대방의 대사를 기다린 것 같아요. 지금도 좋긴 했는데

만약에 상대방의 대사가 들렸다면 좀 더 디테일이 빛을 발했을
수도 있을 거 같아……."

그때, 플레이스 유재섭의 심사 평이 들려왔다.

―전 좋게 봤어요. 아직 어설프긴 하지만 디테일도 살아 있었고
요. 특히 호흡이 굉장히 좋더라고요. 아, 본인 호흡 말고 상대방과
의 호흡이요. 이럴 게 아니라 저랑 한번 해 볼까요?

다른 심사 위원들 모두가 불합격을 주고 있는 와중에 받은 합
격이었다. 그리고 태진이 지금 말하려던 것을 유재섭이 말하고
있었다.

"와, 맞아요. 제가 방금 말하려던 게 저거였어요."
"유재섭 배우가 정확하게 봤군요. 역시 플레이스군."

곽이정은 태진의 말을 놓치지 않았다. 고개를 끄덕이더니 박
수까지 보내며 말을 이었다.

"나도 사실 슬픈 향기가 정확하게 기억은 나지 않지만 저 부
분이 마음에 들었습니다. 그래서 모두한테 물어본 겁니다. 하마
터면 태진 씨한테도 실망할 뻔했습니다."

곽이정은 팀원들을 둘러보며 말했다.

"내가 왜 슬픈 향기를 물어봤을 거 같습니까? 왜 한 번 물어 보고 끝내지 않고 계속 물어봤을까요? 왜 다들 연기로 평가를 안 하고 드라마에 초점을 맞추려고 하는 거죠? 자신들이 보지 못한 걸 작품 선택을 잘못했다고 하는 겁니까."

팀원 모두가 부끄럽다는 듯 애꿎은 목만 쓰다듬었다.

"우리가 하는 일이 뭡니까. 남들이 보지 못한 걸 보고, 그걸 키 워 나가게 하는 게 우리 캐스팅 에이전트 아닙니까? 앞으로는 이 점 유의하면서 봅시다. 지금 채이주 씨 평가 순서니까 이 얘긴 나중에 합시다. 그리고 최정만 씨는 내가 보기에도 합격이군요."

할 말을 끝낸 곽이정이 태진을 쳐다보며 손짓했다.

"나보다 태진 씨가 슬픈 향기에 대해서 잘 아니까, 그걸 바탕 으로 채이주 씨한테 얘기하세요. 채이주 씨한테 먼저 알려 준 다음 말하면 됩니다."

그때, 기존 팀원들 중 한 명이 조심스럽게 입을 열었다.

"저, 저 친구는 신입인데 그냥 팀장님이 하시는 게 좋을 거 같 은데요… 만약에 평가 꼬이면 채이주 씨가 타격을 받는 건데 아 무래도 경험이 있는 사람이 하는 게……."

"경험이요? 그럼 아무것도 못 본 우리 팀원들이 할까요? 그것보다는 버벅이더라도 제대로 본 사람이 하는 게 맞습니다. 그리고 뭘 해 봐야 경험도 쌓이겠죠."

팀원들은 여러 가지 감정이 뒤섞인 표정으로 태진을 봤다. 시기와 질투 어린 시선도 있었지만 일부는 자신에게 넘어오지 않았다는 안도의 한숨을 뱉는 사람도 있었다. 그런 팀원들의 표정을 알아차린 곽이정이 말했다.

"남들이 보지 못한 것을 보게 되면 누구라도 언제든지 말하세요. 그럼 마이크 넘기겠습니다."

곽이정은 팀원들에게 열심히 할 계기를 마련까지 해 준 뒤 다시 태진을 불렀다.

"방금 말한 대로만 하세요."
"제가요?"
"그럼 누가 하죠? 시간 없으니까 슬픈 향기 정보부터 주고 연기에 대해 말하면 됩니다."

곽이정은 태진이 고민할 시간도 없이 곧바로 마이크를 입에 가져간 뒤 채이주에게 말했다.

"시간 없으니까 들리는 대로 말씀하시면 됩니다. 여기요, 태진 씨."

얼떨결에 마이크 앞에 자리한 태진은 곧바로 입을 열었다. 고민할 시간도 없었다. 화면에는 채이주가 굉장히 초조해하며 기다리고 있었다.

"슬픈 향기는 IPTV가 보급된 지 얼마 안 됐을 때 방영된 거라 평균 시청률이 아마 0.8%였을 거예요. 그리고 재미도 없긴 했거든요. 그런데 출연한 배우들의 연기력은 상당했어요."

태진은 계속해서 말을 이어 나갔고, 태진이 말을 뱉을수록 곽이정의 입꼬리가 만족스럽다는 듯 위로 올라갔다.

*   *   *

채이주는 태진에게서 들은 정보대로 평가를 시작했다.

"슬픈 향기가 시청률이 굉장히 낮았죠? 제가 알아본 바로는 평균 시청률이 0.8%였을 거예요. 심지어 경쟁작이 '목민심서'였고요. 그리고 드라마 내용도 조금 어두운 바람에 시청률이 저조했죠. 하지만 제가 기억하기로는 출연한 배우들의 연기력이 상당했어요."

다른 심사 위원들은 의외라는 표정으로 채이주를 향해 고개를 돌렸다. 얼굴마담으로 자리를 가운데에 배치받은 채이주는 양쪽 선배 배우들의 시선이 부담스러웠지만 이내 들리는 대로 말을 이어 나갔다.

"먼저, 최정만 씨가 한 실수에 대해서 말을 하고 싶어요. 본인이 어떤 실수를 했는지 알고 있어요?"

"네? 아… 작품 선택이요……?"

"아니에요. 전 개인적으로 어떤 작품을 들고 와도 연기만 잘하면 된다라고 생각하거든요. 제가 보기에 최정만 씨의 실수는 장면 선택을 잘못했다는 거예요. 오디션이라고 하면 연기력을 보여 주는 것이기도 하지만 짧은 시간 안에 자신이 한 연기를 이해하게 만들어야 하는 거예요. 그런데 최정만 씨가 가져온 장면은 앞뒤 상황을 알고 봐야 제대로 이해할 수 있는 장면이죠. 중요한 연결 씬이에요."

"아…….."

"지금 최정만 씨가 입고 있는 양복이 사실은 세탁소에서 빌려온 양복이라 몸에 맞지 않는다는 설정이죠?"

"네? 아, 네. 맞아요."

"봐요. 정장을 던졌다가 다시 줍는 장면으로 이해를 시키려고 했지만, 그것만으로는 부족했어요. 하나하나 정성 들여 준비했는데 지금 연기만으로는 준비한 것들을 이해시키기에 역부족이에요."

다른 심사 위원들의 놀란 표정이 느껴졌다. 채이주도 태진에 대해서 몰랐다면 마찬가지로 놀라고 있었을 테지만 이미 태진을 겪어 봤기에 어느 정도 예상하고 있었다. 덕분에 덤덤한 척 표정

연기를 하며 들리는 대로 말을 하는 중이었다.

"하지만 유재섭 선배님이 말씀하신 것처럼 상대방과의 호흡도 좋았고요. 그 호흡 중간에도 손동작이나 표정을 살리는 디테일한 연기도 좋았어요. 아마도 보이지 않는 상대방을 보이게 하려고 노력하는 것처럼 느껴졌습니다."

채이주의 말을 듣던 최정만이 그 어느 때보다 놀란 표정을 지었다. 뭔가 궁금해하는 표정으로 눈을 깜빡이며 채이주를 주시했다. 그때, 채이주가 책상에 손을 올리더니 카드를 들어 올렸다. 그러자 그동안 조용했던 관객들이 웅성거렸다.

"연기만 놓고 보면 전 굉장히 좋게 봤습니다. 그래서 마스터 카드를 쓸게요."

채이주가 웃으며 카드를 내밀자 관객석에서 박수가 쏟아졌다. 처음 나온 카드라는 의미도 있었지만, 최정만의 연기를 보고 응원하는 박수였다. 아니, 정확히 말하면 채이주의 심사 평을 듣고 난 후에야 최정만의 연기를 이해하고 보내는 박수였다.

그럼에도 최정만은 상황을 받아들이지 못했는지 멍한 표정으로 채이주와 화면에 보이는 자신, 그리고 관객들을 번갈아 쳐다봤다. 그러고는 이내 손가락으로 자신의 가슴을 찌르며 자신이 맞냐는 듯 확인했다.

"저요?"

"네, 지금 거기에 최정만 씨 말고 다른 사람은 없는데요? 앞으로가 더 기대돼서 드리는 합격이니까 지금보다 더 열심히 해 주세요."

"아… 감사합니다. 감사합니다! 열심히 하겠습니다!"

주먹 쥔 두 주먹을 하늘로 뻗던 최정만의 모습에 심사 위원들은 물론 관객들까지 미소를 지어 보냈다. 그때, 최정만이 갑자기 무언가가 떠오른 듯 채이주를 쳐다봤다.

"왜요? 할 말 더 있으세요?"

"아… 혹시 Y튜브 TJ세요……?"

"네? TJ요? 노래방도 아니… 아……! 아이고, 무슨 말인지 모르겠는데요?"

"아! 아닙니다! 죄송합니다! 그리고 감사합니다!"

채이주는 인 이어로 들려온 대답에 당황했지만, 이내 태진이라면 그럴 수 있다고 생각하며 피식 웃었다.

'예천 최씨한테 댓글로 알려 준 사람이 10호였구나.'

*   *   *

태진은 최정만의 입에서 나온 TJ라는 아이디에 깜짝 놀랐다. 연기가 많이 늘었다고 생각했는데 아마도 자신이 단 댓글을 신경 쓰면서 연기를 했었던 것 같았다.

"TJ요? TJ 제 Y튜브 아이디예요!"

채이주와 대화를 하는 와중임에도 반가운 마음에 TJ가 자신임을 밝혔다. 순간 아차 싶었지만 다행히도 채이주가 잘 넘겨 주었다. 그리고 심사 평이 잘 마무리되었고, 마이크를 끄는 동시에 한숨이 터져 나왔다.

"아! 왜! 저!"
"어휴… 참 진짜 자기 멋대로네."
"마스터 카드를 왜 마음대로 써. 팀장님 저래도 되나요?"
"아무리 마음에 들었어도 우리하고 얘기를 해야지. 참나."

제대로 된 역할을 한 것 같아 내심 뿌듯해 있던 태진은 팀원들의 반응에 약간 당황했다. 대기실을 관찰하는 카메라가 있어서 이 정도지 카메라가 없었다면 더 심한 말이 나올 표정들이었다. 그러다 보니 지금 상황이 불편했다. 합격은 채이주가 시켰지만 평가는 자신이 한 것이나 다름없었기 때문이다.

'잘 뽑은 거 같은데……'

연기가 문제인 것보다 자신들과 상의를 하지 않고 마음대로 카드를 쓴 게 마음에 들지 않는 것처럼 보였다. 그러다 보니 허

수아비 역할을 하는 채이주가 안쓰럽기도 하면서 한편으로는 자기 마음대로 카드를 낸 배포가 대단하다는 생각이 들었다.

'하긴, 약간 고집이 있어 보였어.'

채이주에 대해 생각하고 있을 때, 옆에 있던 곽이정이 입을 열었다.

"이미 돌이킬 수 없는 일입니다. 아무리 같은 팀이라지만 주는 채이주 씨고 우리는 받쳐 주는 역할이죠."

"그래도 자기 마음대로 하면 저희가 있을 필요가 없죠. 평가랑 정보는 우리한테 다 받으면서 상의도 없이 카드부터 내미는 건 좀 아니지 않나요?"

"그만큼 자신의 선택에 대한 책임을 짊어질 수 있으니까 카드를 쓴 거겠죠. 실제로도 최정만 씨가 못하면 비평은 채이주 씨가 받을 테고요. 이미 지나간 일이니까 마음에 담아 두지 말고 다음 준비나 합시다. 그리고 태진 씨한테 박수 한 번 보내 주세요."

곽이정이 먼저 작은 박수를 보내자 그제야 팀원들도 옅은 미소와 함께 박수를 보냈다.

"초짜가 어떻게 저렇게 표정 하나 안 바뀌고 잘해요? 안 떨려요?"

"실수하면 어쩌나 조마조마했는데 역시 팀장님이 마이크 넘긴 이유가 있었네요! 역시 팀장님!"

"태진 씨, 보는 눈이 꽤 좋은데요?"

억지로 칭찬을 받는 것 같은 느낌에 멋쩍어할 때, 곽이정이 의아한 표정으로 말했다.

"잘했어요. 그런데 TJ가 태진 씨라니 그게 무슨 말이죠?"
"아! 제 Y튜브 아이디가 TJ거든요."
"아하. 그런데 최정만 씨가 태진 씨 아이디를 어떻게 아는 거죠?"
"제가 댓글을 남겼는데 그걸 얘기하는 거 같아요."
"아까 말했던 구독자? 그 구독자가 태진 씨를 말하는 거였나요? 그럼 이미 알고 있었던 사람이었나요?"

최정만에 대해서 어떻게 얘기를 해야 하나 고민했었는데 판이 깔렸다.

"2팀에서 참가자들 정보 조사할 때 알게 됐어요. Y튜브에 연기 영상을 올려놓았는데 제가 보기에는 연기 느는 게 굉장히 빨라 보였어요. 그래서 채이주 씨한테 추천도 했었거든요."
"그럼 채이주 씨도 이미 알고 있었단 말이군요?"
"네, 같이 봤었거든요."
"채널이 뭐죠?"
"예천 최씨예요."

대화를 하는 사이 무대에는 다음 참가자가 올라왔다. 하지만 곽이정은 참가자를 힐끔 볼 뿐 최정만의 채널을 확인하려는지 휴대폰을 만지작거렸다. 저렇게 다른 일을 하면서 오디션을 제대로 볼 수 있을지 걱정이 됐고, 괜한 얘기를 해서 다른 참가자들의 연기를 제대로 보지 않는 건 아닐까 하는 마음에 신경이 쓰였다. 하지만 그건 기우였다.

"내가 보기에는 다른 해석이 아니라 아예 배역 이해도가 굉장히 떨어지네요. 자기 매력이 눈이라고 생각하는지 그저 눈빛만 강렬해 보이려고 노려보기만 하고요."

다음 참가자에 대한 평가는 태진의 생각과 일치했고, 다른 팀원들의 생각도 이와 비슷했다. 그런 게 비단 지금 참가자뿐만이 아니었다. 다음 참가자, 그다음 참가자. 무대 위 참가자들이 계속 바뀌어 갔지만, 곽이정의 휴대폰과 참가자가 나오는 화면을 번갈아 보는 행동이 계속 이어졌다.

'한 번에 여러 가지 일이 되는구나.'

곽이정을 관찰하느라 무대가 잘 집중되지 않았는데 곽이정은 휴대폰과 무대 관찰은 물론, 팀원들의 메모까지 정리했다. 심지어 전부 정확하게 보고 있었기에 최정만에 대한 평가도 제대로 내릴 것이었다.

한편 곽이정은 내색하지 않았지만 참가자의 연기를 보랴, 최정만의 Y튜브를 보랴 속으로는 정신이 없었다. 최정만의 연기가 눈에 확 띄었다면 좀 더 편하게 봤을 텐데 아무리 봐도 볼품없는 연기들이었다.

'내가 못 보는 건가, 아니면 내가 한태진의 실력을 높게 본 건가.'

아무리 봐도 영 아니었다. 뭘 보고 그런 평가를 한 건지 이해하기가 어려웠다. 구독자가 천 명도 안 됐고 조회수 또한 겨우 100개를 넘어가는 영상들이었다. 하지만 태진이 면접 때나 회사에 들어와서 보여 준 것들이 있다 보니 태진의 평가가 잘못됐다고 생각하기도 어려웠다.

'한태진, 넌 뭘 본 거냐.'

그러는 사이 어느덧 예천 최씨 채널에 올라온 모든 영상을 봤다. 그럼에도 특별한 걸 찾지 못했다. 그때, 마지막 영상에 달린 댓글이 보였다. 초반에는 웃기다고 하는 댓글들이 있었지만, 어느 순간부터는 그런 댓글조차 없었다. 그런데 마지막에 장문의 댓글 하나가 달려 있었다.

─영상이 올라올 때마다 연기가 달라지고 있네요. 마지막 영상은 처음과 비교하기도 어려울 만큼 발음도 좋아진 것처럼 보여요. 처음과는 다른 사람이라고 생각할 정도로요. 그것도 엄청 짧은 기간에. 그런데 혼자 연기를 해서 그런지 뭔가 조급한 느낌이 드는 것 같기도 해요. 상대방이 있는 것처럼 대사를 기다린 다음에 연

기를 하면 시청자가 좀 더 몰입할 수 있지 않을까요? 앞으로도 올라오는 영상을 기대하는 사람으로 제가 보기에는 그렇게 하는 게 더 좋을 거 같아서 댓글을 남깁니다.

'짧은 기간에 연기가 늘었다는 건가?'

곽이정은 댓글을 보고 나서야 영상들이 올라온 기간을 확인했고, 다시 처음부터 영상을 봤다.

'진짜 매번 달라지는군.'

처음 올라온 영상은 거의 그냥 장난처럼 보였는데 점점 변하는 게 눈으로 보였다. 그것도 무척 짧은 기간에. 그리고 마지막 영상과 오늘은 또 달랐다. 걸음마에서 달리기를 하더니 이제는 날 준비까지 된 상태였다. 누군가가 바람 역할을 해 준다면 바로 날 수 있을 것처럼 느껴졌다.

곽이정은 다시 한번 태진을 뽑은 스스로가 대견했다. 최정만에게는 바람이 되어 주겠지만, 자신에게는 날개를 달아 줄 것 같았다. 하지만 내색하진 않았다. 그때, 잠시 휴식 시간이 주어졌고, 서둘러 채이주에게 연락을 보냈다.

—대기실로 방문 부탁합니다.

*   *   *

대기실로 향하는 채이주는 스스로 다짐하듯 입술을 굳게 다문 채 걸음을 옮겼다. 어떤 이유로 대기실로 오라는지 이미 예상은 한 상태였다. 아마 마스터 카드를 마음대로 사용한 것 때문에 불렀을 것이다.

"좀 상의 좀 하고 말씀하시지. 에이전트 1팀장님 엄청 꼬장꼬장하던데."

회사를 옮긴 지 얼마 안 돼서 아직 친하진 않았지만, 그래도 MfB 내에서 가장 많은 대화를 하는 매니저마저 자신의 실수라고 말했다. 채이주는 대꾸 없이 혼자 중얼거리며 걸음을 옮겼다.

'잘했어! 잘한 거야! 후회 안 하잖아! 그럼 됐어!'

암시를 거는 듯 계속 중얼거리며 스스로의 선택을 믿었다. 하지만 대기실이 점점 가까워질수록 걱정이 되었다. 마치 교무실로 불려 가는 학생이 된 느낌이었다. 그렇게 느낀 이유는 1팀장인 곽이정 때문이었다. 그동안 오디션을 준비하며 느낀 곽이정이란 사람은 자신을 존중하는 듯했지만, 알게 모르게 주변을 자신의 의견대로만 움직이게 만드는 사람이었다.

곽이정을 떠올리자 답답해진 채이주는 입맛을 다시고는 1팀이 있는 대기실로 들어갔다. 그러자 아니나 다를까 팀원들이 자신을 향해 책망하는 눈빛을 보냈다. 채이주는 그런 팀원들의 시선을 피하고는 애써 당당한 표정을 지은 채 빈자리에 앉았다. 그러고는 변명이나 해명 대신 입을 다물고 말을 기다렸다. 그때, 곽이정이 입을 열었다.

"고생하셨습니다."
"네, 그런데 왜 불렀어요?"
"우리가 같은 팀인데 당연히 회의를 같이 해야 하니까 부른 겁니다. 그럼 오후에 합격한 참가자들 중 우리가 눈여겨봐야 할 참가자들 위주로 얘기를 해 보죠. 2차 팀을 꾸릴 대비를 해야죠."

채이주는 곽이정이 보이지 않도록 고개를 돌리고는 인상을 찡그렸다.

'차라리 카드 왜 마음대로 썼냐고 대놓고 말을 하든가, 어?'

고개를 돌린 곳에는 태진이 자리하고 있었다. 예전과 똑같이 딱딱해 보이는 표정으로 고개를 끄덕이고 있었지만, 왠지 자신의 편이 생긴 기분에 어깨에 힘이 들어갔다. 자신에게 최정만을 소개해 준 사람도 바로 태진이었다.

채이주는 좀 더 편안해진 마음으로 다시 고개를 돌렸다. 합격자에 대해 얘기를 하면 당연히 최정만에 대한 얘기가 나올 것이었다. 1팀에서 뭐라 하든 간에 2차 때 자신의 팀으로 데려오기로 마음을 굳힌 상태였다. 아니나 다를까 가장 처음으로 합격한 최정만에 대한 얘기가 나오기 시작했다. 그러던 중 팀원들 중 한 명이 채이주에게 질문을 했다.

"저기 정말 궁금해서 물어보는 건데요. 마스터 카드를 쓰면서
까지 최정만을 뽑은 이유가 있을까요?"
"연기 잘했잖아요."
"연기만 놓고 보면 비슷하게 연기한 사람 많은데요."

채이주는 나쁜 기분을 숨기지 않고 드러냈다. 그러자 함께 자
리한 채이주의 매니저가 팀원에게 손을 저어 보이더니 고갯짓으
로 카메라를 가리켰다. 그러자 팀원이 카메라를 의식해서인지
한 발 물러섰다.

"제가 따지려는 게 아니라 시청자들이 볼 텐데 어느 정도 형평
성에 맞는 이유가 있어야 하지 않을까 하는 의미에서 한 말입니
다."
"이유가 있죠. 최정만 씨에 대해 조사는 제대로 하신 거 맞아
요? 2팀에서 자료 제대로 받은 거 맞나요?"

팀원이 한발 물러났음에도 채이주는 물러나지 않았다. 만약
모르는 사람이 본다면 다투고 있다고 생각이 드는 분위기였다.
태진도 왜 최정만의 사전 평가가 이상했는지 궁금하던 참이었
다. 그때, 곽이정이 입을 열었다.

"채이주 씨, 흥분을 조금 가라앉히시죠."

"내가 무슨 흥분을 했다고……."

"물 좀 드세요."

곽이정은 채이주에게 물을 건네주고는 아무런 말 없이 잠시 기다렸다. 그러자 분위기가 조금 차분해졌다. 하지만 그뿐, 채이주와 1팀과의 신경전은 계속되고 있었다. 그때, 곽이정이 책상을 손가락으로 두드리며 시선을 집중시켰다.

"최정만 씨 합격시킨 걸로 더 이상 문제 삼지 맙시다. 그리고 채이주 씨에게는 참가자 조사가 미흡했던 점, 사과드립니다."

채이주는 의심스러운 눈빛으로 곽이정을 쳐다봤다. 저대로 물러날 사람이 아니었기에 뭔가 찜찜했다.

"저도 좀 전에 최정만 씨를 뽑은 이유를 알았습니다. 뽑을 만했습니다."

"네, 뭐……."

"발전 가능성이 어마어마한 친구더군요. 영상이 하나하나 쌓일수록 경험치를 제대로 쌓아 가는 것 같고요. 그리고 오늘 연기는 한 달 전에 올린 영상과는 다른 사람이라고 느낄 만큼 늘었고요. 다음에는 대체 어떤 연기를 보여 줄지 기대하게 만드는 부분이 있었습니다."

태진은 잠깐 보고 정확히 파악하는 곽이정의 모습이 놀라웠다. 다만 뭔가 찜찜하게 느껴졌다. 지금 곽이정의 표정은 일부러 덤덤한 척하려고 연기하는 것처럼 느껴졌다. 지금 모습을 그대로 따라 할 수 있을 것 같은 느낌이었다.

"그런데 방금 오진 씨가 말했던 것처럼 시청자들은 다르게 볼 수 있습니다. 어떻게 발전했는지, 그런 얘기나 정보 없이 오늘의 연기만으로 마스터 카드를 주기에는 무리가 있었습니다. 그 여파는 채이주 씨한테 돌아갈 겁니다. 오진 씨나 다른 팀원들은 그 부분을 걱정해서 말한 겁니다. 채이주 씨를 위해서."

채이주도 그제야 약간 걱정이 되었다. 아무리 신경을 안 쓰려고 해도 대중들의 반응은 어떻게든 귀에 들어왔다. 가뜩이나 악플이 많은데 지금 한 선택에 대해서도 말이 나올 수 있었다. 그때, 곽이정이 갑자기 검지를 내 보였다. 모두가 곽이정을 쳐다보자 그가 들고 있던 손가락으로 천천히 자료를 찍었다.

"그렇게 되지 않으려면 우리의 선택은 한 가지뿐입니다. 이 사람을 우리가 키워야죠."

*   *   *

누구라도 지금 상황에서 해결책을 내놓으라고 하다면 곽이정과 같은 의견을 내놓을 것이었다. 태진도 같은 생각이었다. 사실 그것 말고는 다른 해결책이 없었다. 그런데도 왜 저렇게 연기하는 것처럼 말을 하는지 이해하기가 어려웠다. 곽이정의 진지한 표정이 한없이 연기하는 것처럼 느껴졌다. 그때, 채이주가 먼저 입을 열었다.

"그건 최정만 씨가 할 일이죠. 최정만 씨가 잘하면 해결될 문제예요. 그리고 전 잘할 거라고 믿어요."
"최정만 씨가 지금까지 한 연기를 보면 그럴 수 있겠죠. 그러면 해결되겠죠. 하지만 쉽게 될까요?"
"잘하면 끝이죠."

곽이정은 손가락으로 프로그램명이 적힌 벽을 가리켰다.

"잘못 생각하셨습니다. 지금 '라이브 액팅'이 연기자들의 오디션이기도 하지만 심사 위원들 간의 경쟁이기도 하며 더 나아가 심사 위원이 소속된 기획사들의 경쟁이기도 합니다. 그래서 우리가 여기에 있는 거고요."
"아……."
"최정만 씨는 최적의 타켓이 되겠죠. 연기가 발전한다고 하나 아직은 미흡하니 지적하기 쉬울 겁니다. 많은 지적을 당하는 최정만 씨를 마스터 카드까지 써 가며 뽑은 채이주 씨는 어떻게 될까요?"
"……."
"보는 눈 없다고 욕을 먹겠죠."

채이주는 할 말이 없어졌다. 제작발표회 때부터 심사 위원 논란이 있었다. 그래서 논란을 잠재우려고 캐스팅 에이전트 팀은 물론이고 매니저 팀까지 괴롭혀 가며 열심히 준비했다. 심사 평은 물론이고 표정연기까지 상황을 상상하며 준비했기에 욕을 먹는다는 말이 두려웠다.

'어떻게 준비했는데⋯⋯.'

최정만의 실력이 늘 거라는 건 확신했다. 다만 시간이 더 있다면 모를까 바로 다음 오디션에서 심사 위원들 모두를 만족시킬 정도로 늘긴 어려웠다. 그럼 당연히 기다렸다는 듯이 지적을 당할 것이었다. 게다가 아까 심사 평 순서를 넘길 때 옆자리 선배 배우의 표정이 안 좋았던 것까지 떠올랐다. 짐작일 수도 있지만 지레 겁을 먹게 되었다.

한편 태진은 지금 상황이 잘 이해가 되지 않았다. 연기만 잘하면 되는 거라고 생각했는데 TV에서 볼 때는 몰랐던 문제들이 얽혀 있었다. 지금 채이주의 겁먹은 표정이나, 심각한 곽이정의 표정이나 전부 이해가 되지 않았다.

'조금만 시간이 지나도 최정만 씨 엄청날 거 같은데⋯⋯.'

제대로 된 연기 지도를 받는다면 바로 다음 오디션에서 부각될 수도 있을 건데 연기로 승부를 볼 생각을 하지 않고 왜 욕을 먹을 생각부터 하는 건지 이해되지 않았다. 그때, 곽이정이 구석에 있던 채이주의 매니저까지 불렀다. 그러고는 굉장히 고민하는 표정으로 들고 있던 볼펜을 책상에 내려놓았다.

"최정만 씨가 다른 회사로 갈 여지를 보인다면 어떻겠습니까?"

최정만을 탐탁지 않아 했던 팀원들은 별다른 반응이 없었다. 하지만 마스터 카드를 써 가며 최정만을 뽑은 채이주는 인상을 찌푸렸다.

"결국은 선택하지 말라는 건가요?"
"그건 아닙니다. 마스터 카드까지 써 가며 합격시켰는데 그럴 순 없죠. 무조건 우리 팀으로 데려와야 합니다."

심사 위원들은 1차에 합격된 참가자들로 자신의 팀을 꾸려야 했다. 팀을 꾸리는 방식은 우선 참가자들이 원하는 심사 위원에게 지원을 하는 것이었다. 정해진 인원이 넘는 팀은 심사 위원이 그중에서 직접 선택을 해야 했다. 그리고 남은 인원은 다른 심사 위원에게 지원하는 것이 아니라 팀에 인원이 부족한 심사 위원이 원하는 참가자들을 데리고 가는 방식이었다.

"경쟁 팀은 플레이스 정도가 될 것 같은데 그래도 합격을 시킨 건 채이주 씨니까 우리한테 지원하겠죠."
"그럼 다른 회사에 갈 여지는 무슨 뜻이죠?"

"2차만 있는 게 아니잖습니까? 최종 5인을 제외하고는 앞으로도 같은 방식으로 진행이 되는데 그 와중에 최정만 씨가 다른 팀으로 갈 수 있다는 뜻입니다."

"마음에 안 들면 가겠죠……."

"마음에는 들 겁니다. 다만 저희도 그런 느낌만 줘야 합니다. 그래야지 다른 팀에서 지적을 하지 않을 겁니다. 혹시나 자기들 소속 배우가 될 수도 있는데 일부러 지적을 할 필요가 없죠. 자기들 상품에 일부러 스크래치를 내는 회사는 없습니다."

채이주는 어떻게 한다는 건지 쉽게 이해가 되지 않았다. 그런 채이주를 보며 곽이정이 말을 이었다.

"당연히 채이주 씨가 최정만 씨를 뽑았다고 욕을 먹는 일은 없을 겁니다. 다만 불쌍하게 볼 수는 있겠죠."

"불쌍이요?"

"안타까워한다는 게 맞겠군요. 최종적으로는 채이주 씨의 뛰어난 안목이 부각되게 할 겁니다. 그리고 최정만 씨도 MfB와 함께하게 될 거고요."

"그러니까 어떻게요?"

곽이정은 카메라를 한 번 보더니 이내 채이주의 옆에 있는 매니저를 쳐다봤다.

"악당이 있으면 해결됩니다."

"악당이요?"

"흔히들 욕받이라고 하죠. 뭐, 잠깐 먹는 거니까 감수해야죠."

"그러니까! 누가 욕받이를 하는데요!"

곽이정은 팀원들을 쭉 훑어보더니 가볍게 웃었다.

"우리가 합니다."

팀원들은 순간 인상을 썼지만, 이내 곽이정의 결정에 수긍하 듯 고개를 끄덕거렸다. 태진은 방금 전까지만 하더라도 지금 상 황을 이해하기 어려웠는데 지금은 너무 재미있었다. 마치 드라 마에서나 보던, 어려운 장면을 타개하기 위한 전략 회의처럼 느 껴졌다. 대체 어떻게 풀어 나갈까 그다음 장면을 상상할 때, 곽 이정과 눈이 마주쳤다.

"정확히 말하면 내가 되겠죠. 그리고 태진 씨한테는 미안하지 만 나하고 함께하는 이상 어쩔 수 없이 태진 씨도 욕을 먹어야 될 겁니다. 내가 사수라는 건 들었죠?"

"네?"

"못 들었나요? 지금 바쁜 상태라 그나마 한가한 내가 사수가 되기로 했습니다."

방송국에 오면서 들었던 내용이었기에 그걸 되물은 게 아니었 다. 왜 갑자기 욕받이가 되어야 한다는 건지 이해할 수가 없었다.

"모자이크 처리할 테니 걱정하지 않아도 됩니다."

태진이 뭘 물을 새도 없이 채이주가 먼저 질문을 했다.

"2차 오디션이 끝난 뒤에야 방송이 시작되는데 그 전에 사람들이 어떻게 안다는 거죠?"

"왜 모르죠? 채이주 씨가 숨만 쉬어도 기사가 나오는데 이런 이슈를 던져 주면 개떼처럼 몰려들겠죠."

"…그러니까 기사화하겠다는 거였어요?"

"그렇죠. 그게 가장 좋죠. 제목은 채이주, 소속사와의 불화. 내용은 오디션 내내 꼭두각시 같았다. 이런 내용이 되겠고요."

"굳이 그렇게까지 할 필요가 있나요……?"

"나쁘지만은 않다고 판단해서 말하는 겁니다. 채이주 씨의 안목을 부각시키면서 앞으로 소속이 될 최정만 씨까지 사람들에게 알리는 일이 될테니까요."

"그럼 회사가 욕먹는 건요?"

"잠깐 문제가 되겠지만 '우리는 채이주 씨의 의견을 존중해 최선을 다해 오디션을 준비했다', 이렇게 알리면 되는 겁니다. 쉽게 해결될 문제죠."

"그게 쉽다고요? 괜히 저한테 빚진 느낌 들게 하려고 그러는 거 아닌가요?"

"그런 건 아닙니다. 그리고 다음 오디션에서 채이주 씨와 함께 연기를 지도할 분이 내일 도착합니다. 들으셨죠?"

"아……."

채이주도 어떤 사람이 오는지 아는지 헛웃음을 뱉었다. 다만
아무것도 모른 채 어떤 욕을 먹어야 되는지 생각하던 태진은 눈
만 껌뻑거렸다.

"로젠 필."
"맞습니다. MfB 본사에 우리가 요청한 전문 연기 지도자죠.
빌 러셀, 제임스 힐 등 현재 잘나가는 할리우드 배우의 스승 같
은 분을 지도자로 준비했는데, 당연히 MfB라는 이름으로 최선
을 다하는 그림이 완성되겠죠."

채이주는 마치 장기말이 되어 버린 느낌에 헛웃음이 나왔다.
그러던 중 사방에 달려 있던 카메라가 눈에 들어왔다.

"근데 이런 장면 다 찍혔을 건데 ETV에서 협조해야 할 텐데
요."
"할 겁니다. 방송도 내보내기 전에 이슈가 될 텐데 안 하는 게
이상하죠. 아마 2차 오디션을 위해 팀을 꾸린 뒤 기사가 나가는
게 적당하겠네요. 그보다 먼저 기사가 나가면 참가자들이 우리
팀으로 안 올 수도 있으니까요. 그보다 최정만 씨가 우리 팀에
오는 게 우선이겠죠. 최정만 씨가 합류하는 걸 확인한 뒤 기사
가 나가게 될 겁니다."

채이주는 더 이상 할 말이 없는지 입을 다물었다. 그렇지만 빚을 진 거 같은 느낌에 개운치만은 않았다.

＊　　　　＊　　　　＊

이틀 뒤, 오디션은 아무런 문제 없이 진행되고 있었다. 이제는 1차 오디션이 막바지에 다다른 상태였다. 다만 점점 참가자가 끝을 보여 갈수록 1팀의 표정은 점점 초조해져 갔다. 특히 곽이정이 어떤 일을 벌이고 있는지 알고 있는 태진은 기분이 좋지 않았다. 바로 기사가 문제였다. 기사 내용이야 이미 알고 있었지만, 미리 준비해 둔 거라는 게 마음에 걸렸다. 이제 오디션이 끝나면 곧바로 팀을 결정하게 될 테고, 그러면 기사가 나올 것이다.

"덤덤하네요?"

곽이정이 태진을 보며 말했다. 표정을 지을 수 없는 게 이렇게 불편할 줄은 생각도 못 했다. 그때, 마지막 참가자가 무대에 내려왔고, 그와 동시에 팀원들의 한숨이 들려왔다. 그럼에도 곽이정은 평가를 정리하며 자신이 할 일만 했다. 그러더니 평가를 채이주에게 보낸 뒤에야 휴대폰을 꺼내며 말했다.

"좀 있으면 기사가 나오겠군요. 그 전에 우리가 원하는 참가자들과 우리한테 올 거라 예상되는 참가자들, 다시 한번 살펴봅시다."

곽이정은 걱정도 되지 않는지 자기 일에만 집중했다. 하지만 태진은 좀처럼 집중이 되지 않았다. 예전에도 임상시험 성공으로 인해 잠깐 기사에 실린 적이 있었다. 하지만 지금은 그때와 달랐다. 둘 다 원해서 기사가 나온 건 아니었지만, 후자는 사람들을 속이는 느낌이었다. 그러다 보니 마음이 무거워 집중이 되지 않았다.

*　　　　　*　　　　　*

잠시 뒤, 참가자들의 팀 정하기는 생각보다 오래 걸렸다. 사전에 정보를 주던 것과 다르게 제작진에서도 아무런 정보를 주지 않았다. 그래도 어떤 참가자가 팀에 합류할지 예상을 하고 있었기에 다들 걱정은 없었다. 채이주만 제외하고.

채이주는 긴장이 되는지 계속해서 대기실에서 나갔다 들어왔다를 반복했다. 태진도 이제 곧 나올 기사 때문에 초조한데 그러고 있는 채이주 때문에 더 정신이 없었다. 그러던 중 채이주가 갑자기 태진의 옆으로 자리했다.

"이름이 태진이었어요?"
"네? 아, 네. 한태진이에요."
"그러고 보니까 전에는 10호라고만 불렀지 이름은 몰랐네요."

그걸 끝으로 대화가 끊겼다. 어떻게 된 게 대화를 나누기 전보다 더 어색한 분위기가 되어 버렸다. 그 어색함을 참지 못하고 먼저 입을 연 건 채이주였다.

"다른 사람들은 몰라도 최정만 씨는 오겠죠?"
"그럴 거 같아요."

최정만이 팀에 오지 않는다면 기사도 나오지 않을 것이었다. 하지만 최정만의 연기를 가까이서 보고 싶은 마음도 컸다. 뭐가 옳은 길인지 판단이 되지 않아 혼란스러웠다. 그때, 제작진에서 팀 선택이 완료되었다는 말과 함께 세트장으로 오라는 연락을 받았다. 그러자 자기 일을 하던 곽이정이 일어났다.

"가시죠. 태진 씨도 같이 갑니다."

대기실을 나오자마자 채이주에게 카메라가 따라붙었다. 태진은 여전히 복잡한 마음을 한 채 일행을 뒤따라갔다. 세트장에 도착하자 다들 숨을 죽이고 있는지 내부가 쥐 죽은 듯 조용했다. 그중 한 스태프가 안내를 하기 위해 다가왔다.

"다른 심사 위원분들은 어떻게 됐죠?"

곽이정이 묻자 스태프가 난감하다는 듯 말을 돌렸다.

"자리 순서대로 채이주 배우님이 세 번째죠."
"팀은 어떻게 됐는지 알 수 없을까요?"

"그건 말씀드릴 수 없죠."

"팀원은 다 찼나요?"

"왜 그러세요. 이제 다 왔으니까 직접 보시는 게 나을 거예요."

스태프가 한발 물러나자 곽이정이 씁쓸한 듯 입맛을 다시며
채이주에게 말했다.

"우리 인원이 안 찼나 보군요."

"그걸 어떻게 알아요?"

"자리 순서라고 해도 채이주 씨의 연기 경력이 가장 낮은데
다른 배우분들보다 먼저 하는 게 이상합니다. 아마 팀을 꾸릴
시간을 주려고 하는 거 같습니다. 그리고 스태프들의 반응도 난
감해하는 걸 보면 우리 예상보다 적을 수도 있습니다. 그러니까
표정 관리 잘하고 들어가세요."

채이주는 부끄러운 듯 빨개진 얼굴로 고개를 끄덕거렸고, 곽
이정을 보는 태진의 시선에는 여러 감정이 뒤섞여 있었다.

제8장

—

선택과 집중 I

태진은 곽이정에게서 눈을 떼지 못했다.

'어떻게 사람이 행동 하나하나가 다 연기 같지.'

처음에는 잘못 느끼고 있는 건가 싶었지만 보면 볼수록 행동이 전부 연기처럼 느껴졌다. 보통 사람들과 다르게 무언가를 숨기는 느낌이었다. 지금도 이미 알고 있으면서 일부러 스태프들에게 물어본 것처럼 보였다. 저렇게 행동해서 곽이정이 얻을 수 있는 게 아무것도 없을 텐데 좀처럼 그의 행동이 이해가 되지 않았다.

'면접 때도 저랬었나?'

면접 당시는 사회에 내딛는 첫 발걸음이었기에 긴장하느라 제대로 기억이 나질 않았다. 하지만 며칠 동안 옆에서 본 바로는 아무래도 좀 이상한 사람이었다. 다만 아직 그것이 좋은 건지 나쁜 건지 판단이 서진 않았다.

잠시 뒤, [Live Acting 마스터 채이주]라고 적힌 문 앞에 도착했다. 세트장에 임시로 만든 공간이었다. 천장이 뚫려 있을 텐데도 사람 소리가 하나도 들리지 않았다. 태진은 채이주의 표정을 살폈다. 곽이정이 말을 해서인지 애써 평온한 척하고 있지만, 숨소리가 들릴 정도로 긴장하고 있었다.

"확인할게요."

짧은 말을 뱉고는 곧바로 문고리에 손을 올렸다. 그러고는 억지로 미소를 지은 채 문을 열었다. 그리고 채이주의 표정이 잠깐 동안 당황해하는 것이 보였다. 바로 표정을 바꾸긴 했지만, 곽이정의 말처럼 채이주를 택한 참가자가 생각보다 적은 모양이었다. 뒤늦게 방으로 따라 들어간 태진은 속으로 한숨을 삼켰다. 한 팀이 여덟 명씩으로 꾸려지는데 지금 있는 참가자들은 반도 채되지 않았다.

세 명.

다른 팀에는 얼마나 많은 참가자들이 지원했는지 알 순 없었지만, 아마 채이주가 가장 적은 지원을 받았을 것 같았다. 심사평을 신경 써서 말했던 참가자들마저 보이지 않았다.

'어우……'

자신이 심사 위원인데 지원자가 이렇게 적었다면 민망했을 것 같았다. 채이주도 민망하고 부끄러웠는지 준비했던 말을 꺼내지 못하고 있었다. 참가한 팀원들도 지금 상황이 어색한지 채이주에게 인사를 끝으로 어색한 시간이 흘렀다. 그때, 곽이정이 채이주에게 조용히 속삭였다.

"표정 관리 하세요. 그래도 다행입니다. 최정만 씨 있네요."

채이주는 거의 울기 직전으로 보였는데 억지로 참아 내며 미소로 대신했다. 그러고는 팀원들에게 다가가 한 사람 한 사람과 눈을 맞추며 인사를 건넸다.

"반가워요. 우리 팀에 온 걸 후회하지 않도록 정말 열심히 할게요."

인사를 하는 동안 인원이 적어 실망하던 모습은 어느새 사라져 있었다. 대신 마치 이 사람들을 반드시 책임지겠다는 의지를 담은 진심이 느껴졌다. 그러다 보니 옆에 있던 태진도 덩달아 팀에 합류한 이 사람들이 꼭 높은 곳까지 올라갔으면 하는 마음이 생겼다.

"아직 팀이 완전히 꾸려진 게 아니니 정비하러 가야 합니다. 이제 시작이군요."

곽이정의 말에 뜨거웠던 마음이 급격히 식었다. 이제 뭘 할지 알고 있었기에.

*　　　*　　　*

곽이정은 대기실로 향하는 도중 매니저 팀과 홍보 팀에 연락을 했고, 곧바로 기사가 올라왔다는 연락을 받았다. 어떤 식으로 기사가 올라왔고, 사람들이 어떤 반응을 보일지 궁금했지만, 아직 채이주의 팀이 완성되지 않았기에 기사를 바로 확인하지는 못했다.

"채이주 씨는 먼저 들어가시고, 태진 씨는 잠시 저랑 얘기 좀 하죠."

곽이정의 말에 팀을 꾸리는 게 우선이었던 채이주는 급하게 1팀이 있는 대기실로 들어가 버렸다. 무슨 말을 하려고 그러는지 궁금했다.

"이미 예상했나요?"

"네? 기사요?"

"기사 말고요. 방금 전 팀 선택에서."

뭘 예상했다는 건지 이해하지 못해 입을 다물고 있었다. 그러자 곽이정이 입꼬리를 올리며 말을 이었다.

"사실 당연한 거니 예상했겠죠. 연기력이 뛰어난 심사 위원 넷과 연기보다 인기를 배경으로 자리한 한 명. 배우를 뽑는 오디션이니 연기력이 뛰어난 심사 위원이 있는 팀으로 가는 게 당연할 겁니다. 아마 채이주 씨도 예상하고 있었을 겁니다. 그 수가 예상보다 적긴 했지만."

곽이정은 태진을 가만히 쳐다보더니 말을 이었다.

"그래도 예상했다는 듯 너무 당연한 모습을 보이는 건 자제하세요. 배우한테도 실례입니다. 그게 힘들면 차라리 나처럼 현 상황을 제대로 받아들일 수 있도록 하는 게 맞습니다. 그래야 배우도 당황하지 않고, 무엇보다 같이 일하는 사람이 상황을 정확하게 파악하고 있다는 걸 느끼고 믿을 수 있게 됩니다."

"아. 네."

"그래야지 일하기도 수월해지고요. 이렇게 조금씩 배워 가는 겁니다. 아, 이 말 하려고 부른 건 아니고."

태진은 곽이정의 말이 한마디로 자기 자랑을 하라는 것처럼 들릴 뿐, 그다지 좋은 방법처럼 들리지는 않았다. 자신이 아직 경험이 적어서 이해하지 못하는 것일 수도 있지만, 방금 전 채이주의 모습만 놓고 보면 그다지 좋은 방법으로 보이진 않았다.

분명 좀 전의 채이주는 곽이정의 말을 듣고 나서 훨씬 긴장했다. 2팀에서 봤을 당시에는 열정이 넘치고 당당한 그런 모습이었다.

그리고 심사 평을 할 때도 그랬는데 팀원이 있는 방에 들어갔을 때의 채이주에게서는 그런 모습이 하나도 보이지 않았다. 하지만 아직 뭐라 대꾸할 위치는 아니었다. 그때, 곽이정의 입이 벌어졌다. 당연히 기사에 대한 얘기가 나오겠다고 생각했는데 그에게서 나온 말은 태진의 예상과 달랐다.

"2차 오디션이 어떻게 진행되는지 알고 있습니까?"

"아니요."

"팀 내 경쟁입니다. 네 명씩 두 팀으로 나눠 뮤직비디오를 제작하는 겁니다. 선택 곡은 자유로, 자신들끼리 시나리오를 만드는 거죠. 태진 씨도 최정만의 최대 장점을 살릴 수 있는 곡을 한번 알아보세요."

"제가요?"

"이미 몇 가지 추려 놓았지만 태진 씨의 의견도 궁금하군요. 내가 생각했던 것과 같은지."

갑자기 시험을 받는 기분에 부담도 되었지만, 최정만이 자신이 고른 곡에서 어떤 연기를 할지도 궁금했다. 하지만 한편으로는 이상한 생각이 들었다.

"팀원들이 정해진 다음에 팀원들에게 맞는 곡을 구상해야 되는 거겠죠?"

"아닙니다. 최정만 씨만 생각하면 됩니다."

"그럼 다른 참가자분들은……."

"좀 전에 봤죠? 우리 팀에는 이렇다 할 관심을 받는 참가자가 없습니다. 그래서 우리가 인정받을 수 있으려면 선택과 집중을 해야 하죠. 우리한테는 지금 최정만 씨밖에 없다고 보면 됩니다. 최정만 씨를 띄워야 하는 입장이죠. 우리는 최정만 씨를 선택했고, 최정만 씨에게 집중을 해야 됩니다."

태진의 얼굴이 씰룩거렸다. 침대에 누워서 봤던 TV 속 사회나 드라마에서는 노력을 하면 결과를 얻을 수 있었는데 현실은 그렇지가 않았다.

다른 참가자들도 엄청난 노력을 한 건 마찬가지였을 텐데 이래도 되는 건가 싶었다.

"그리고 떨어져 나온 참가자들 중 관심 있는 사람은 나한테 말해 주세요. 그럼 이제 들어가죠."

곽이정은 그 말을 끝으로 대기실로 들어갔고, 태진은 그런 곽이정의 뒷모습을 쳐다보며 따라 들어갔다.

'선택과 집중······.'

방금 전 곽이정이 한 말을 되뇌이며 대기실에 들어설 때, 팀원들의 시선이 전부 자신과 곽이정에게 향해 있다는 걸 느꼈다. 그리고 그 이유는 바로 알 수 있었다.

"기사 올라왔습니다. 확인했고요. 반응도 예상하던 대로입니다."

"그래요. 일단 팀 선택 안 된 참가자들 중 우리가 데려와야 할 참가자부터 뽑아 놓으세요."

곽이정은 팀원들에게 지시를 내려놓고는 휴대폰을 꺼내 들었다. 태진도 기사가 궁금했지만, 팀원들이 일하는데 혼자 그걸 확인할 수는 없었기에 팀원들에게 다가갈 때, 채이주가 입을 열었다.

"태진 씨도 확인하세요······."

방금 전 일로 자신이 없어져서인지, 아니면 기사 내용 때문에 미안해하는 건지, 채이주의 목소리가 굉장히 작았다.

기사가 어떻게 올라왔는지 궁금했던 태진은 서둘러 휴대폰을 켜 기사를 찾았다. 그랬더니 따로 기사를 찾을 필요도 없었다.

'어우······.'

검색사이트의 메인에 채이주의 사진이 떡하니 걸려 있었다. 태진은 곧바로 그 사진을 클릭했다. 그리고 속으로 한숨을 삼키고는 기사를 봤다.

'아······.'

사진부터 눈에 들어왔다. 사진에는 네 사람이 있었는데, 한 명은 곽이정. 한 명은 채이주, 나머지 한 명은 바로 자신이었다. 그리고 나머지 한 장은 실루엣으로 나온 최정만이었다.

기사에는 총 3장의 사진이 게재되어 있었다. 한 장은 채이주가 애원하는 표정, 한 장은 화를 내는 장면, 나머지 한 장은 들고 있던 서류를 움켜쥐는 장면이었다. 어떤 상황인지 모르더라도 뭔가 문제가 있다는 걸 알 수 있게 찍힌 사진이었다.

다행이라고 해야 할지 태진과 곽이정은 모자이크가 되어 있었지만, 태진은 이런 식으로 자신이 뉴스 기사에 실릴 줄은 상상도 못 했다.

'방송이 전부 조작하는 거였나······.'

누군가를 캐스팅하는 일이라고 생각했는데 예상하지 못한 일까지 하고 있었다. 얘기를 들을 때는 드라마의 한 장면 같아서 재미있다고 생각했는데 이런 이슈의 당사자가 되어 버리니 직업을 잘못 선택한 건 아닐까 하는 회의감까지 들었다. 곽이정이 분명 능력이 있는 사람처럼 보이긴 하지만, 자신이 TV를 보며 꿈꾸던 일을 하는 건 아니었다. 태진은 무거운 마음으로 기사를 읽어 갔다.

기사는 곽이정이 말했던 대로 채이주와 1팀 간에 불화가 있다는 내용을 담고 있었다. 사진과 기사 내용은 익명으로 제보를 받았다고 알렸다.

전부 보도 자료처럼 준비해서 제공한 것이란 걸 알고 있기에 태진은 헛웃음이 나왔다.

[배우 채이주 씨가 한 오디션프로그램 촬영 중 이적한 지 얼마 되지 않은 소속사와 갈등이 생겼다. 내부 사정에 밝은 한 소식통에 의하면 오디션 참가자의 합격 여부를 놓고 의견 충돌이 생겼다고 밝혔다.

제보자에 의하면 채이주 씨는 소속사를 옮긴 뒤 첫 행보부터 갈등이 있었다. 연기가 아닌 예능으로 인사를 하는 것에 부담스러워했지만, 팬들에게 색다른 모습을 보여 주고 싶은 마음으로 출연을 결심했다고 한다. 촬영 전부터 많은 준비를 해 팬들에게 좋은 모습을 보여 주려 했지만, 촬영이 생각과 달라 힘들어했다고 전했다.

…….

결국 양측은 의견 차이를 좁히지 못하고 극단적인 모습까지 보였다. 그럼에도 채이주 씨는 자신을 선택한 참가자들을 책임지겠다며 프로그램 하차는 생각하지 않는다고 밝혔다.]

대부분이 채이주의 관점에서 적혀 있었다. 그러다 보니 누가 보더라도 소속사가 악당이었고, 사진 속에 있는 곽이정과 태진이 악당들의 대표가 되어 버렸다.

'이래서 미안해한 거였나.'

태진은 채이주를 힐끔 쳐다봤다. 자신이 한 일이 아니라 전부 곽이정이 벌인 일임에도 여전히 미안해하는 표정으로 팀원들의 말을 듣고 있었다.

오히려 일을 벌인 곽이정은 만족스러워하고 있었다. 태진은 이게 과연 맞는 일인가 계속해서 의심이 쌓여 갔다. 그때, 기사에 달린 댓글들이 눈에 들어왔다.

ㅡ누구 뽑았는지 개궁금하네.

ㅡ안 봐도 비디오네. MfB 한국 진출하고 자기네 마음대로 하려고 채이주 앉혀 놨는데 마음대로 안 되니까 저러는 거네.

ㅡ어째 외국 기업도 한국에 들어오면 죄다 현지화되냐. 현지화오지네.

ㅡ채이주 씨 표정 보니까 나까지 억울해지네요. 힘내세요. 언제나 응원합니다.

물론 채이주에 대해 안 좋은 댓글들도 있었지만, 대부분이 MfB에 대한 얘기였다. 회사가 욕을 먹는데 어떻게 이런 기사를 낼 수 있게 허락을 받았는지가 궁금해질 정도였다. 그때, 한 사람이 단 장문의 댓글이 보였다.

─누굴 뽑았는지 모르겠지만 채이주가 아니라 최정식이 뽑았어도 MfB에서 딴지 걸었을까? 아닐걸? 애초에 채이주가 연기를 못하니까 이런 일이 생기는 거. 배우가 연기로 승부해야지 얼굴로 승부하니까 문제가 되는 거임. 참고로 채이주 나온다고 해서 라이브 액팅 패스할 예정임.

댓글을 본 태진이 갑자기 채이주를 뚫어져라 쳐다봤다.

*　　　　*　　　　*

다음 날. 1차에 합격한 참가자들 중 채이주를 선택한 참가자들은 다음 미션인 뮤직비디오를 제작하기 위해 두 팀으로 나뉘어 모임을 갖는 중이었다. 태진은 다행히 최정만이 들어가 있는 팀을 담당하게 되었다. 태진이 선택한 것이 아니라 곽이정이 팀을 선택한 것이지만.

이곳에는 캐스팅 1팀만 있는 것이 아니었다. 비록 다른 팀과 미팅을 하느라 채이주가 자리하진 않았지만, 촬영 팀은 물론이고 MfB에서 섭외한 뮤지션도 자리하고 있었다.

가수는 아니지만 이름만 들어도 알 수 있는 유명 작곡가였다. 팀원들은 채이주가 오기 전 작곡가와 함께 제작할 뮤직비디오를 선택하는 중이었다. 그때, 곽이정이 태진을 보며 말했다.

"왜 이마를 잡고 그래요? 머리 아파요?"

"아니요. 그냥 좀 두통이 있어서요."

"음. 그래요? 전에 면접에서 말했던 사고 후유증?"

"그냥 두통이에요."

밤새 잠을 못 자서인지 오늘따라 두통이 유독 심했다. 그럼에도 건강검진을 따로 챙기라던 곽이정에게 아픈 모습을 보이고 싶지 않았기에 꾹 참으며 참가자들이 회의하는 모습을 지켜봤다. 그때, 작곡가가 참가자들에게 태블릿 PC를 보여 주며 말했다.

"제가 대여섯 곡을 골라 왔는데 한번 보세요."

태진도 두통을 꾹 참고 곡 리스트를 보고 있는 중이었다. 하나같이 제목만 들어도 흥얼거릴 만한 그런 유명한 노래들이었고, 태진이 자주 흉내를 내던 가수들의 노래도 있었다.

'전부 밝은 노래들이네.'

댄스곡이라고 하더라도 약간 슬픔 느낌을 주는 곡도 있었고, 생각 없이 몸을 흔들 수 있게 하는 곡도 있었다. 그런데 지금 리스트에 있는 곡들은 하나같이 밝고 시원한 느낌을 주는 그런 곡들이었다. 팀원들의 표정도 다들 마음에 들어 하는 것처럼 보였다.

"다들 아는 곡들이죠?"
"그럼요!
"다 좋은 곡들이라서 뭘 선택해야 될지 고민되네요."

최정만도 마음에 드는지 팀원들의 말에 미소를 지으며 고개를 끄덕거리고 있었다. 그중 하영이라는 여성 참가자가 갑자기 손을 들었다.

"그런데 저희 말고 다른 팀도 같은 곡들이에요?"
"그렇죠."
"그럼 저희가 먼저 골라야 되는 거 아니에요? 전 OTT 그여뜨가 좋을 거 같은데요?"
"그여뜨요? 아! 그 여름 뜨거웠던 우리. 이것도 괜찮죠."
"괜찮을 거 같은데! 우리 이걸로 하는 게 어때요?"
"전 가사가 좀… 남친 여친 있는 사람들이 놀러 가서 눈맞는 내용 아니에요?"
"옛날 노래 가사들이 원래 그런 게 많잖아요. 그래도 리메이크도 했고, 엄청 신나는 게 딱 좋은데!"

하영이 주도하는 분위기였고, 다들 마음에 들어 하는 눈치였다. 하지만 태진만은 사실 마음에 들지 않았다. 참가자들은 마음에 들지 몰라도 그 곡은 채이주에게는 전혀 어울리는 분위기가 아니었다. 채이주의 연기 중에는 그나마 나은 게 눈물을 흘리는 슬픈 연기였다. 오히려 연기력 논란이 일어난 연기들을 보면 지금 곡들의 분위기처럼 밝은 느낌의 배역들을 할 때였다.

오디션이다 보니 물론 참가자들의 연기가 중요했다. 하지만 태진은 다른 선택을 했다. 곽이정이 말한 선택과 집중의 대상을 채이주로 봤다. 연기를 지도해야 하는 채이주에게 초점을 맞춰서 생각했다. 그래서 채이주에게 어울리는 곡을 골라 오느라 잠을 제대로 자지 못한 상태였다.

해외에서 초청한 연기 지도자가 있다고 하더라도 채이주 또한 실력을 보여 주는 게 맞다고 판단했다. 만약 채이주가 제대로 된 연기력을 보여 주고, 참가자들을 지도하는 장면이 나간다면 심사위원 자격 논란은 사그라들 것이라는 생각이 들었다.

그렇게만 된다면 MfB로 이적한 뒤 연기가 발전한 채이주라는 타이틀이 생길 것이다. MfB나 채이주 모두 윈윈할 수 있는 일이었다. 곽이정이 짠 것처럼 누군가 비난을 받아야 하는, 그런 일을 굳이 하지 않아도 되는 길이었다. 게다가 흡수가 빠른 최정만이라면 어떤 연기든 잘해 나갈 것 같았다.

태진은 곽이정을 한 번 쳐다본 뒤 조심스럽게 입을 열었다.

"혹시 다른 곡들은 어떨까요?"

"다른 곡들?"

"팀장님이 준비하라고 해서 제가 나름대로 추려 온 곡들이 있거든요."

"줘 봐요."

태진은 휴대폰에 적어 둔 메모를 보여 주었다. 그러자 천천히 읽어 가던 곽이정이 고개를 끄덕거리더니 작곡가에게 다가갔다. 그런 곽이정이 참 신기했다.

받아 줄 거라 생각은 했지만, 이유도 묻지 않고 작곡가에게 보여 줄 줄은 몰랐다. 그럼에도 여전히 가식적인 표정이었다. 이쯤 되면 원래 저런 표정을 가진 사람이 아닐까 하는 생각이 들 정도였다.

"이 곡들도 한번 봐 주시죠."
"네? 아, 네."

리스트를 보던 작곡가는 약간 못마땅한지 얼굴을 찡그렸다.

"제가 들었던 거랑 다른데요? 저한테 말씀하실 때 다른 팀들이 전부 발라드 들고 올 거 같으니까 차별화를 둘 수 있도록 밝은 풍으로 준비해 달라고 들었는데 지금 노래들은 또 다 발라드네요."

그제야 왜 노래가 전부 밝은 노래였는지 알게 되었다.

"저희도 그렇게 생각했는데 우리 팀에 합류한 분들의 연기력이 상당히 좋다고 판단했습니다. 그래서 다른 방향으로도 생각하는 게 어떨까 해서 급하게 준비한 것들입니다."

'와.'

감탄밖에 안 나왔다. 하마터면 태진도 마치 미리 준비한 거라고 속을 정도의 말솜씨였다. 그때, 작곡가가 고개를 갸웃거리면서 입을 열었다.

"그런데 하나같이 그렇게 유명한 곡이 아닌데요?"
"다 괜찮은 곡들입니다."
"이건 뭐라고 적은 거예요? Solo? 다즐링의 은수가 이런 곡도 불렀어요?"

태진이 생각한 대로 적어 둔 것이었기에 작곡가가 알 리가 없었다. 물론 곽이정도 알 턱이 없었다. 아나나 다를까 곽이정이 설명하라는 듯 태진을 봤다. 태진은 작곡가 옆으로 다가가 휴대폰을 보며 입을 열었다.

"은수 님이 부른 건 아니에요."
"그렇죠? 다즐링이 완전 톱급은 아니더라도 곡을 냈으면 내가 한 번쯤을 들어 봤을 건데 이건 완전 처음 보는 곡이거든요."
"원래 이 곡이 한겨울이라는 여성 가수 솔로곡이에요."
"한겨울?"

"5년 전에 나온 가수예요."

작곡가는 처음 듣는 이름에 고개를 갸웃거리더니 음원사이트에 접속했다. 그러고는 태진이 말한 곡을 검색했다.

"음? 없는데요? Solo 맞아요? 한겨울이라는 이름도 없는데."
"아, 그게 음원사이트에는 없더라고요. Y튜브에 하나 있어요."

그때, 옆에서 휴대폰을 만지고 있던 곽이정이 갑자기 끼어들었다.

"원래 장스뮤직 소속이었는데 장스뮤직이 부도나면서 판권 소유자가 이상하게 되어 버렸습니다. 그래서 유통사하고 계약이 안 된 상태라 음원사이트에서 들을 수가 없습니다."
"그런데 이런 건 어떻게 찾아왔어요. 아, 그리고 그럴 정도면 뭐 인지도도 없는 노래인데 괜찮겠어요?"
"일단 한번 듣고 판단해 보시죠."

진짜로 알고 있었던 건지 지금 검색을 해서 안 건지 모르겠지만, 바로 대답하는 것만으로도 대단한 사람이었다. 작곡가는 곽이정의 말대로 Y튜브를 통해 'Solo'라는 곡을 듣기 시작했다.

너의 마음 어디에도 이제 나는 없는 거야
익숙해서라는 변명조차 하질 않는 너

그런 너에게 화도 나질 않는 나. 변해 버린 우리
혼자인 것만 같아. 지쳐만 가

노래를 다 들은 작곡가는 시큰둥한 표정으로 입을 열었다.

"노래는 뭐 그럭저럭 괜찮은데 너무 흔한 느낌이에요."
"다른 곡들도 있으니까 한번 들어 보시죠."
"네, 뭐. 그런데 다즐링 은수는 뭐예요? 여기 적힌 다즐링이
인기 있는 그룹 다즐링 말하는 거 맞죠?"

곽이정과 대화하던 작곡가가 갑자기 태진에게 질문했다. 자신
이 주에서 밀려나자 순간 곽이정의 표정이 변했고, 태진은 그런
곽이정의 표정을 읽어 버렸다.

'자기가 항상 중심에 있어야 되는구나.'

곽이정의 눈치까지 보려니까 두통이 더 심해지는 것 같았다.
그래도 자신이 아니면 알 수 없는 부분이었다.

"네, 맞아요."
"은수가 이런 노래도 커버했어요?"
"아니요. 그런 건 아니고요. 저희 팀 구성이 남자 넷, 여자 넷,
이렇게 이뤄져 있거든요. 그래서 제가 생각하기에 곡을 좀 듀엣
처럼 해서 저희 팀분들이 연기할 수 있게 하는 게 어떨까 해서

적어 둔 거예요."

"그걸 은수가 부르고요? 은수는 메인보컬이 아닌데."

"그게, 은수 님 목소리가 더 잘 어울릴 거 같아서요."

밤새 여러 가수들을 흉내 내 가며 고민 끝에 선택한 가수였다. 따라 할 수 없는 가수들이 많았지만 그중 '다즐링'의 은수라는 멤버가 가장 괜찮을 것 같았다.

"듣고 나니까 괜찮을 거 같기도 한데. 전혀 알려지지 않은 곡인 게 문젠데, 그걸 은수 목소리로 커버하고. 플랜은 괜찮은 거 같은데요? 그럼 어떤 식으로 한다는 거예요?"

"주고받는 식이 아니라 1절은 한겨울 님 목소리로 나오고 2절은 은수 님 목소리로 나오고요."

"음, 그렇게. 괜찮으려나. 이런 식 맞죠?"

작곡가는 Y튜브를 다시 재생하더니 1절이 끝나는 부분에 멈췄다. 그러고는 들었던 대로 비슷하게 연주를 시작했다.

"좀 이상할 거 같은데. 코러스가 끝나고 G키에서 C키로 바꿨는데 느낌이 팍 죽는 거 같은데."

"괜찮을 거예요."

"뭐가 괜찮아요. 지금 들리는 게 그런데."

전문적인 용어를 알 수는 없었다. 하지만 직접 불러 가며 선택한 결과, 남자가 이어 불러도 느낌이 유지될 수 있었다. 하지만 그 느낌을 제대로 설명할 수 없었기에 직접 들려 주는 방법을 택했다. 물론 고르고 골라 은수를 택한 만큼 완벽히 따라 할 순 없었지만, 느낌만이라도 알려 줄 생각이었다.

"그러니까, 이런 식으로. 잠시만요."

태진은 다시 Y튜브에서 Solo를 재생했고, 은수가 불렀으면 좋겠다고 생각한 부분에 멈춘 뒤 노래를 부르기 시작했다.

"들려오는 너의 한숨… 어?"
"어? 뭐야, 노래 왜 이렇게 잘해요. 가수예요?"

노래를 부르던 태진은 순간 너무 놀랐다. 은수의 느낌을 주려고 최대한 비슷하게 부르려고 하긴 했는데 지금 들린 목소리는 자신이 들어도 그냥 은수였다. 밤새 흉내 내려고 할 땐 되지도 않았던 것이 지금은 자연스럽게 나오고 있었다.

"가수냐니까요?"
"네? 아니요. 가수 아니에요."
"그런데 목소리가 엄청 좋네. 장난 아닌데요? 계속 불러 봐요."

오히려 놀란 태진은 목젖을 잡아당기기까지 했다. 그때, 생각할 틈을 주지 않는 듯 작곡가가 직접 연주까지 했다.

"들려오는 너의 한숨. 변해 버린 우리 사이. 뜨거웠던 우리 사이 이젠 아득히."

태진은 신기한 마음에 진짜 은수가 되기라도 한 듯 한 음 한 음을 자신이 생각했던 대로 신경 써서 불렀다. 그렇게 노래를 끝내자 갑자기 참가자들의 감탄사가 들려왔다.

"대박! 장난 아니다… 강제로 솔로 된 느낌이네……."
"너무 좋다! 저희 이 곡으로 하죠! 그림이 그려지는데요."

곽이정도 이번만큼은 표정을 숨기지 못하겠는지 놀란 표정으로 태진을 쳐다보고만 있었다. 그때, 작곡가가 어이없는 웃음을 뱉으며 말했다.

"은수보다 더 잘하는 거 같은데 직접 불러요. 지금 재능 낭비하고 있는 거 같은데?"
"아니에요. 은수 님이 이렇게 부를 거 같아서 불러 본 거예요."
"은수가 이렇게 노래를 잘했나. 허, 참."

헛웃음을 뱉은 작곡가가 고개를 돌려 곽이정을 봤다. 그러고는 손가락으로 참가자들을 가리키더니 입을 열었다.

"내가 초이스할 필요가 없는 거 같은데요?"

"그렇군요."

"그런데 되겠어요? 한겨울 씨하고도 얘기해야 되고 은수까지 섭외해야 될 텐데. 시간 괜찮겠어요? 하루아침에 힘들 건데. 뭐, 되면 프로듀싱은 내가 맡아 줄 수 있어요."

오디션이다 보니 시간이 많지 않다는 점을 간과했다. 시간 여유까지 생각하지 못했던 태진은 순간 아차 싶은 표정으로 곽이정을 봤다. 그런데 곽이정이 묘한 표정으로 자신을 쳐다보고 있었다. 그러고는 옅은 한숨과 함께 표정이 또 연기를 하고 있는 것처럼 변했다.

"가능하죠. 거기까지 생각해 놨으니까 보여 드린 겁니다."

*　　　*　　　*

"어! '그 여름 뜨거웠던 우리' 이 곡 원래부터 너무 좋아하던 곡인데!"

"저도요. 저도 좋아하는 노래예요."

"어? 저도요! 전 지금 플레이 리스트에도 있어요!"

"그럼 이 곡 어때요?"

태진이 맡은 팀과 다르게 이쪽 팀원들은 서로의 의견을 물어가며 곡을 선택하는 중이었다. 그러던 중 한 팀원이 갑자기 노래를 재생했다.

"집 앞이야! 빨리 나와!"

갑자기 환하게 웃는 얼굴로 하는 말에 다들 의아하게 쳐다봤다. 그러자 그 팀원이 웃는 표정 그대로 입을 열었다.

"이 곡이 여름 노래이면서도 사랑이 담겨 있잖아요. 우리는 네 명이 한 팀이니까 우정과 사랑을 담는 게 어떨까 해서요. 저랑 유택 씨가 친구로 나오고 여성 두 분이 친구로 나오는 거예요. 그렇게 각자 출발해서 여행지에서 만나는 그림!"
"아! 재밌겠다!"
"재미있을 거 같긴 한데 너무 식상하진 않을까요?"
"저도 괜찮을 거 같은데. 우리가 스토리 정하면 감독님이 다 들어 주실 텐데 잘해 주시겠죠."

다들 경력이 있어서인지 팀원들은 시작하자마자 합을 맞춰 나갔고, 팀원들이 점점 의견을 쌓아 갈수록 채이주는 점점 더 불안해졌다.

'내가 제대로 알려 줄 수 있을까……'

배우를 하면서 가장 많은 지적을 당한 연기가 이런 느낌의 밝은 연기였다. 발 연기라는 타이틀을 갖게 된 게 이런 분위기의 연기를 하면서부터였다. 그러다 보니 불안함을 넘어 겁이 나기 시작했다.

'괜찮을 거야. 연기 선생님이 잘 알려 줄 거야. 유명한 사람이라잖아. 괜찮아, 괜찮아.'

스스로 위안하고 있음에도 좀처럼 불안함이 가시지 않았다. 그때, MfB 캐스팅 팀의 직원이 갑자기 채이주를 불렀다.

"팀장님이 곡 리스트 누락됐다고 보내 주셨어요. 배우님 메신저로도 보냈다니까 확인해 보세요."

휴대폰을 확인하자 직원의 말대로 메시지가 도착해 있었다. 하지만 기대는 없었다. 지금 곡들도 1팀의 의뢰를 바탕으로 골라 온 곡들이라는 것을 알고 있었다.

'어?'

전혀 다른 분위기의 곡들이었다. 리스트에 적힌 곡들을 모두 알진 못했지만, 알고 있는 몇 곡으로 보아 앞서 가져온 곡들과는 상반되는 분위기의 곡들이었다. 그리고 이 곡들이 어느 때보다 반가웠다.

"잠깐만요! 지금 보고 있는 리스트 말고도 추가된 곡 리스트가 있어요. 한 번씩들 보시겠어요?"

채이주는 들뜬 표정으로 팀원들에게 자신의 휴대폰까지 넘겨주며 리스트를 보여 주었다. 하지만 채이주의 기대와 달리 팀원들의 반응은 시큰둥했다.

"다 발라드 같은데요… 처음 듣는 곡도 있고요."
"그러게요… 기왕이면 아는 곡들로 하는 게 유리할 거 같은데……."

팀원들은 앞서 선택했던 곡으로 마음을 굳힌 모양이었다. 그때, 휴대폰을 보던 한 팀원이 채이주를 쳐다봤다.

"메시지 온 거 같은데요?"

다시 휴대폰을 건네받은 채이주는 곧바로 메시지를 확인했다.

[Solo. 한겨울&은수 버전.]

채이주도 모르는 곡이었다. 그래서인지 다른 곡들과 달리 첨부파일까지 있었다. 첨부파일을 누르자 노래가 나왔다. 그러자 다들 조용히 감상하기 시작했다. 다만 처음 듣는 곡이라서 그런지 큰 감흥은 없었다. 그때, 여성 보컬의 노래가 끝나고 남성 보컬의 목소리가 나오기 시작했다. 그러자 팀원 한 명이 갑자기 질문을 했다.

"여기 적힌 은수가 다즐링 은수였어요? 와! 대박! 어? 근데 저 다즐링 팬인데 이건 처음 듣는데… 혹시 저희 주려고 준비하신 거예요?"

채이주 또한 메시지만 받은 터라 정보가 없었다. 확실하진 않았지만 이런 메시지와 음악까지 보낼 정도면 회사에서 준비를 했다는 생각에 고개를 끄덕거렸다.

"와! 역시 MfB! 전 이 곡! 은수 노래 엄청 잘한다!"

채이주는 순간 자신도 모르게 주먹을 불끈 쥐었다. 이런 느낌의 곡이라면 자신이 도움을 줄 수 있었다. 하지만 다른 팀원들은 아닌 모양이었다.

"이것도 좋은데 아까 '그 여름 뜨거웠던 우리'가 더 좋지 않을까요?"
"저도 그여뜨가 좋을 거 같은데."
"저는 잘 모르겠어요. 지금 들은 노래도 좋은데 그여뜨도 좋은 거 같아요. 그런데 옆에 팀은 어떤 곡 해요? 겹치면 안 되는 거 아니에요?"

채이주도 그래서 걱정이었다. 옆에 팀도 같은 의견이 나올 확률이 높다고 생각했고, 그렇다면 지금 자신이 있는 이곳에서라도 이 곡을 선택했으면 싶었다. 그렇다고 난 밝은 연기를 못하니 이 곡을 선택해 줬으면 좋겠다라고 말하는 건 자존심이 허락하지 않았다. 그때, 또다시 메시지가 도착했다.

[2팀 Solo로 확정. 선택이 겹치지 않도록 다른 곡으로 유도하세요.]

채이주는 자신도 모르게 주먹을 치켜올렸다. 지금 있는 팀이 남아 있었지만, 일단 한 팀이라도 자신이 도움이 될 수 있다는 것에 조금은 안도감이 들었다.

*   *   *

참가자들이 시나리오를 정하기 위해 자신들끼리 모임을 갖고 있는 사이, 태진은 곽이정과 함께 어딘가로 이동 중이었다. 어딘가에 한참을 연락하더니 갑자기 따라오라고 했기에 목적지가 어디인지 알지 못했다. 게다가 뭐가 못마땅한지 곽이정은 말을 한마디도 하지 않았다. 그렇게 어색하게 한참을 이동할 때, 곽이정이 먼저 정적을 깼다.

"노래는 언제 배운 겁니까?"

"네? 아, 노래요. 배운 적은 없어요."

"그런데 그렇게 잘한다고요? 내가 예전에 다른 회사 있을 때 잠깐 가수 파트를 담당했었는데 그때도 한태진 씨처럼 노래 부르는 사람 몇 없었습니다."

사실 이번엔 노래를 부른 태진 스스로도 놀랐었다. 연습할 때는 조금씩 비슷한 부분이 있었지만, 이렇게까지 완벽하게 따라 하진 못했다. 그런데 좀 전은 자신이 아니라는 생각이 들 정도로 똑같았다.

"그냥 은수 씨가 부르면 이럴 거 같아서 따라 해 본 거예요."

"후후. 그래요. 참, 흉내 내기가 특기라고 했죠."

운전을 하던 곽이정은 태진을 쳐다보지도 않으면서 피식 웃었다.

"재능 낭비네요. 실력도 좋고, 외모도 그럭저럭 괜찮고. 지금 그 차가운 표정으로 이미지 구축하면 되고. 괜찮은데요?"

"저요?"

"지금 여기 한태진 씨하고 나 말고 다른 사람이 더 있나요? 후후. 다 왔네요."

고개를 돌려 보니 간판이 보였고, 어디서인가 들어 봤던 이름이 보였다.

"라온 스튜디오. 라온… 어? 라온? 그 라온?"
"다른 라온도 있습니까? 가죠."
"네?"

태진의 발이 바닥에 붙은 듯 움직여지지 않았다. 라온이라면 유명한 뮤지션들이 소속된 한국에서 가장 이름 있는 엔터테인먼트였다. 그러다 보니 조금 전 곽이정이 했던 말이 장난처럼 들리지 않았다.

"왜 그러죠? 아직도 두통이 있어요?"
"아니요. 여기는 왜……."

곽이정은 신기하다는 듯 태진을 봤다. 말투를 보면 당황해하는 게 느껴지는데 표정은 덤덤했다.

"Solo 때문에 온 겁니다. 다즐링이 라온 소속이니까."
"아!"
"한태진 씨 가수 데뷔시키는 줄 알았습니까?"
"아니요! 그런 건 아닙니다."

태진은 잠깐 오해를 했다는 생각에 민망해하며 걸음을 옮겼다. 그러던 순간 예전에 연예 뉴스에서 봤던 내용이 떠올랐다.

라온의 본사는 엄청난 규모를 마련하기 위해 수원에 자리 잡았다는 내용이었다. 그리고 일부 업무는 원래 쓰던 건물인 홍대에 그대로 있었는데 이곳은 스튜디오용 건물이었다. 의아함을 느끼면서도 태진은 스튜디오에 들어섰다.

"안녕하십니까. 오랜만에 뵙습니다."

"어, 곽 부장님 오셨어요. 이제 팀장님이라고 해야 되나. 아무튼 오랜만이에요."

"갑자기 연락드렸는데 수락해 주셔서 감사합니다."

"뭐, 돈 받고 하는 건데요. 그런데 MfB 스튜디오는 어쩌고 여기까지."

"이강유 피디님이 최고니까 여기로 온 거죠."

곽이정은 웃으며 설명을 한 뒤 들고 온 태블릿을 통해 Solo를 보여 주었다. 그러자 이강유라는 사람은 신기하게도 단번에 알아차렸다.

"어! 겨울이네."

"아세요?"

"알죠. 이거 여기서 녹음했었는데. 예전에는 웬만한 인디 애들 여기서 녹음했었죠."

"혹시 연락처도 아세요?"

"오디션 곡으로 겨울이 노래 쓴다는데 몰라도 알아내야죠."

"친하셨나 보네요."

"그런 건 아니고요. 예전에 오리 엔터라는 곳에 있던 친구인데 오리 엔터가 망하면서 붕 떴거든요. 얘 노래 나오고 바로."

"그럼 관권은 오리 엔터에 있겠군요."

"아닐걸요? 부도 처리하고 그래서 겨울이한테 넘어갔을 거예요. 겨울이가 다 만든 노래니까. 제가 알기로는 그래요."

"잘 부탁드립니다."

곽이정은 만족스러운 표정으로 부탁을 했다. 그러자 이강유 PD가 걱정 말라고 하더니 다시 질문을 했다.

"뭐, 곽 부장님도 알아내려면 금방 알아낼 일인데 그거 때문에 절 찾아온 건 아니실 거고. Solo 편곡이 필요하세요?"

"그건 김민준 작곡가님이 맡아 주시기로 했습니다. 원곡이 한겨울 씨 혼자 부르는 거라면, 저희가 생각한 건 남녀가 듀엣으로 부르는 것으로 생각하고 있습니다."

"그래요? 어? 이상하네. 아까 연락하셨을 때는 바로 녹음할 수 있냐고 그러셨잖아요."

"네, 가이드가 필요해서요. 저희가 원하는 남자 가수가 다즐링의 은수 씨거든요."

"방은수요?"

"네, 맞습니다. PD님이 가이드 들어 보시고 괜찮으시면 추천 좀 해 주실 수 있을까 해서 연락 드린 겁니다."

"그건 회사랑 얘기해야 되는 건데."

"시간이 부족해서 빨리 진행하려고 이 PD님 도움 좀 받으려고 찾아왔습니다."

이강유는 난감한 듯 이마를 긁적이더니 말을 이었다.

"별 도움 안 될 텐데. 그래서 가이드는 누가 해요? 여기로 오라고 하셨어요?"

그러자 곽이정이 천천히 고개를 돌렸다. 그리고 그 시선 끝에 있던 태진은 손가락으로 스스로를 가리켰다.

"저요?"
"아까처럼만 부탁합니다."

태진이 당황하자 이강유가 신기해하며 물었다.

"같은 회사 직원분 아니에요? 노래를 엄청 잘하나 봐요."
"잘합니다. 임시로 녹음한 건 있습니다. 그런데 편곡도 아직 진행 중인데 가이드까지 대충 해서 보내는 건 예의가 아닌 거 같아서요."
"그래요? 뭐 차라리 편곡 다 하고 녹음하는 게 나을 텐데. 뭐, 임시로 녹음한 거 제가 들어 봐도 될까요?"

곽이정은 대답 대신 바로 휴대폰을 꺼내 들었다. 곽이정의 휴대폰에서는 언제 녹음했는지 한겨울의 Solo가 흘러나왔고, 곧이어 태진이 부른 부분이 나오기 시작했다. 그걸 들은 이강유는 엄청 놀란 표정으로 곽이정을 봤다.

"이게 뭐예요?"
"참가자들한테 들려 주려고 부른 겁니다."
"아니, 내 말은 왜 은수 목소리가 들려요? 이게 뭐예요? 어플인가?"
"아닙니다. 여기 한태진 씨라고 저희 직원인데 은수 씨 팬이라서 흉내 냈다고 합니다."
"흉내? 흉내 정도가 아닌데. 그냥 은수 목소린데."

이강유는 신기하다는 표정으로 태진이 부른 부분을 몇 번이나 돌려 들었다.

"아, 좋은데요? 은수 목소리하고 완전 딱인 거 같은데. 곡이 확 사네. 지금 녹음해 볼래요?"
"부탁드립니다. 태진 씨, 부탁해요."

설마 가이드를 자신에게 시킬 줄은 생각지도 못했던 태진은 심장 소리가 남에게 들리진 않을까 걱정할 정도로 긴장했다.

*　　　*　　　*

녹음실 부스에 들어간 태진은 주변을 둘러봤다. TV에서만 보던 곳에 자신이 들어가 있다는 느낌이 묘했다. 여전히 긴장되고 있지만, 분위기 탓인지 마치 가수가 된 느낌이었다. 그래서인지 왠지 잘해야 된다는 느낌을 받고 있었다. 목소리가 제대로 나올 것 같지 않았지만.

'후우.'

한숨을 뱉은 태진은 TV에서 봤던 장면을 떠올렸다. 녹음실에 들어가 있는 모습을 따라 해 본 적은 없지만, 비슷한 행동이라도 하면 긴장이 풀릴 것 같았다.

그 모습을 보던 이강유는 곽이정을 보며 물었다.

"직원이라고 안 했어요?"
"맞습니다."
"원래 노래하던 친구예요? 초짜 느낌이 아닌데요?"
"아마도 처음일 겁니다. 성격 자체가 좀 대범합니다."
"그것도 대단하네. 아무튼 시작해 보죠."

이강유는 부스 안에 있던 태진에게 시작한다고 알렸다.

"어떻게 녹음해야 되는지 봐야 돼서 안 끊고 갈 테니까 편하게 불러 봐요."

곧이어 헤드셋을 통해 Solo를 부르는 한겨울의 목소리가 들리기 시작했다. 바로 태진이 부를 수 있도록 코러스 부분이 나오고 있었고, 이제 태진이 불러야 할 부분이 다가왔다.

"들려오는 너의……."

이강유가 중단하지도 않았는데 태진 스스로가 멈춰 버렸다.

"괜찮은데 왜요?"
"아닙니다."
"편하게 불러요."

태진은 목젖을 만졌다. 아까 분명 스스로도 놀랄 정도로 은수의 목소리를 흉내 냈다. 그리고 녹음까지 했기에 착각이 아니었다. 그런데 지금은 아까와는 달랐다. 비슷하게 따라 하고 있지만, 누가 듣더라도 차이가 나는 실력이었다.

집에서 연습할 때는 안 되던 게 아까 미팅에서는 됐다. 그런데 지금은 또 안 되고 있었다. 누구를 흉내 내면서 이랬던 적이 없다 보니 당황스러웠다.

'갑자기 왜 안 되는 거지?'

태진은 노래를 멈추고 목을 가다듬었다. 그때, 또다시 이강유의 목소리가 들려왔다.

"하나도 긴장 안 한 거처럼 보이는데 긴장했어요?"

"아, 조금 긴장되네요."

"컨디션 따라서 노래도 달라지는 거니까 편하게 해요. 그럼 다시 가 볼까요?"

곧이어 노래가 다시 들려왔고, 태진은 이강유의 조언을 되새기며 노래 부를 준비를 했다.

'컨디션은 아까가 더 안 좋았는데……'

그때, 불현듯 예전에도 비슷한 일이 있었다는 것이 떠올랐다.

"영국인!"

"네? 갑자기 그게 뭔 소리예요."

"아! 아닙니다! 죄송합니다!"

예전 빌 러셀의 전화를 받았을 당시에도 평소에는 되지 않았던 배우의 흉내를 냈었다. 그리고 그때도 두통이 유독 심했었다.

'두통이 있을 때 더 잘 따라 할 수 있나?'

그거 말고는 다른 이유가 떠오르지 않았다. 일을 하기 전에는 두통이 조금만 있어도 약을 먹었기에 몰랐지만, 사회생활을 하면서는 약을 제대로 챙겨 먹지 못했다. 아무래도 확인이 필요했다. 물론 약을 먹고 두통이 가신 지금은 확인할 수가 없었지만.

*　　　　*　　　　*

퇴근이 늦어 밤에야 집에 도착한 태진은 본의 아니게 가족들의 걱정을 샀다.

"태진아! 왜 그래! 두통이 안 가서?"
"뭐? 그러니까 아빠가 몸 생각하면서 일하라고 했잖아. 무슨 회사가 매일 야근이야!"

먼저 태진을 보며 놀란 건 부모님이었고, 부모님의 목소리를 들은 동생들도 방문을 열고 뛰쳐나왔다.

"왜! 큰형 또 어디 아파?"
"형, 괜찮아?"

가족 모두의 시선이 태진의 손에 향해 있었다. 태진은 가족들에게 쓸데 없이 걱정을 시켰다는 마음에 머쓱해하며 말했다.

"괜찮아요. 다 먹은 빈 통이라서 들고 온 거예요."

"어휴, 놀래라. 진짜 괜찮은 거지?"

"괜찮아요."

"그래도 조금이라도 아프면 엄마나 아빠한테 말해 줘야 돼. 알았지?"

"네. 알겠어요."

"밥은? 밥은 먹었어?"

"네, 회사 사람들하고 먹었어요."

"그래, 피곤할 텐데 빨리 씻어."

부모님과의 인사를 나눈 뒤 방으로 들어왔지만, 생각할 시간 은커녕 옷을 벗을 시간도 없었다.

"한태민! 한태은! 형 방에는 왜 들어가! 형 쉬게 둬."

거실에서 들리는 아버지의 목소리가 끝나기도 전에 방문이 열 렸다. 방에 들어온 두 동생 모두 의심스러운 눈초리를 하고는 태 진을 봤다.

"왜?"

"뭐가 왜야. 나하고 작은형한테만 솔직히 말해. 어디 아프 지?"

"아니라니까."

"그럼 약통은 왜 들고 왔어?"

"다 먹은 거라 들고왔다니까?"

"어허! 이보게! 큰형! 구라 칠 대상을 잘못 본 거 같소만!"

둘째 태민이 막내의 말을 끊고 말했다.

"넌 입 다물어. 형, 진짜 괜찮아?"
"괜찮다니까 왜들 그래."
"그거 한 통 보통 한 달 넘게 먹잖아. 저번 주에 차에 둔다고
새거 가져가 놓고 다 먹었다는 게 이상하잖아. 다 먹었어도 문제
야. 병원 안 가 봐도 괜찮겠어?"

막내의 걱정은 웃어넘길 수 있었지만, 태민의 걱정은 또 자신
의 탓이라고 생각할 수도 있다 보니 웃어넘길 수가 없었다. 태진
은 잠시 한숨을 뱉고는 동생들을 불렀다.

"이리 앉아 봐."

태진은 약통을 내려놓고 동생들을 쳐다봤다.

"나 좀 이상한 거 같아."
"어? 큰형, 어디 아파? 엄… 윽! 아, 왜 때려! 이번 건 진짜 개아
퍼!"
"형 말 다 듣고 얘기해."

동생들의 투덕거림에 정신없었지만, 털어놓을 곳은 이 두 동생

들뿐이었다.

"성대모사가 안 되던 사람들도 돼."

"어? 그사이에 또 늘었어? 대박. 이러다가 큰형 녹음기 되겠어."

"너, 조용히 있으라고 했다."

막내를 조용히 시킨 태민은 걱정스러운 눈빛으로 물었다.

"형 검진받았을 때도 이상없다고 그랬잖아. 그런데 무슨 문제라도 있는 거야?"

"문제는 아닌데……."

태진은 동생들에게 자신에게 있었던 일들을 얘기하며 설명했다. 태진의 설명을 다 들은 태민은 상황을 정리하는 듯 잠시 생각하고는 천천히 입을 열었다.

"그러니까 두통이 심해지면 흉내 못 내던 사람들도 가능해진다는 거지?"

"어. 아닐 수도 있는데 그거 말고는 없어."

"두통 주기는? 형 두통 심할 때는 하루에 두 번씩 약 먹을 때도 있잖아. 지금은 더 자주 먹어? 아니면 약이 잘 안 들어?"

"아니, 약 먹으면 금방 괜찮아져. 그런데 일하다 보니까 바로 못 먹게 되더라고."

태민은 마치 자신의 의사라도 된 듯 진찰을 하는 것처럼 물었다. 그도 그럴 것이 태진의 상태를 누구보다 잘 알고 있는 사람이 태민이었다.

"두통 강도는 같은데 약을 못 먹어서 그런 거라는 말이네. 그 두통이 있을 때 평소에 안 되던 성대모사도 된다는 거고."
"그렇지."
"예전에 형 임상시험 참가할 때 검진에서 형 두통이 오는 원인이 해마가 부풀어서 그런다고 그랬잖아. 내가 알아보니까 형이 부푼 곳이 학습을 관장하는 곳이라고 했거든. 그게 더 많이 부풀어서 두통도 오고, 그만큼 통로가 넓어져서 안 되던 성대모사도 되는 거 아닐까?"

태진은 태민의 말이 맞는 것 같다는 생각에 자신도 모르는 사이 고개를 끄덕거렸다. 그러자 태민이 심각한 표정으로 입을 열었다.

"형."
"응?"
"좀 쉬는 게 어때? 아니면 다른 직업을 알아보는 건 어때?"

태진은 갑작스러운 말에 태민을 가만히 쳐다봤다.

"그냥 그랬으면 해서. 지금 말하다 보니까 형 두통이 오는 게 자꾸 다른 사람들의 특징 같은 정보가 머리로 들어와서 그러는 거 아닐까 싶어서 그래."

"괜찮아질 거라고 했잖아. 그리고 다른 일을 해도 머리 쓰는 건 똑같아. 심지어는 일용직을 해도 어떻게 진행하는지 생각하면서 해야지."

"그런가… 하긴 그렇지. 그냥 요즘 형 보면 너무 무리하는 거 같아서 한 말이야."

그렇지 않아도 동생들과 이렇게 대화하는 것도 오랜만이었다. 그때, 입을 다물고 있던 막내가 태민의 말에 동조하며 나섰다.

"그래 회사 그만둬. 차라리 다른 곳을 가든가."

"넌 왜 또."

"MfB 가만 보면 아주 쓰레기 집합소더만!"

"우리 회사가 왜? 다들 좋은 사람들인데."

"뭔 소리야! 엊그제도 채이주한테 윽박지르는 거 나왔는데! 채이주 개불쌍."

"아, 그거."

태은은 자신의 휴대폰까지 보여 주며 화를 냈다.

"내가 내 친구들한테 큰형 MfB 다닌다고 자랑했는데 기사 나

오더라! 여기 채이주는 막 애원하고 있고 여기 이 두 새끼 폼
봐. 아주 그냥 상전이야. 남자 새끼 둘이서 여자 하나 윽박지르
고 있는 거 봐."

사진을 보던 태진은 헛기침을 뱉을 정도로 놀랐다. 태은이 가
리키는 사진에는 자신이 있었다.

"이거 네가 모르는 사정이 있을 거야."
"모르긴 뭘 몰라. 딱 봐도 현지화했는데! 이래서 차라리 윗대
가리들도 외국인으로 싹 다 데려왔어야 해. 이 새끼, 다리 벌리
고 대가리 빳빳이 들고 있는 거 봐."
"사정이 있을 거야. 그만해."
"뭘 그만해. 이딴 쓰레기 같은 새끼들이랑 일하지 말고……."
"이거… 형이야. 다 사정이 있어서 이런 사진 찍힌 거야."

갑작스러운 태진의 고백에 태은은 눈을 껌뻑거렸다. 그러고는
사진과 태진을 비교하듯 번갈아 보더니 입을 열었다.

"이 쓰레기가 형이라고?"
"쓰레기는 아니고."
"어… 듣고 보니 비슷한 거 같기도 하고. 와, 진짜 형이야?"
"나 맞아."
"진짜?"
"진짜라니까."

"와! 대박 형 채이주하고 만나 본 거야? 진짜 같이 일하는 중이야?"

"지금도 같이하고 있어."

태은의 눈이 반짝거리는 것도 잠시 금새 실망한 표정으로 고개까지 돌려 버렸다.

"와… 형 좀 실망이다. 채이주한테 그러고 싶었어?"

회사에서 있었던 일을 전부 얘기해 줄 순 없었기에 태진은 둘러 말했다.

"이거 그냥 찍힌 거야. 다투는 거 아니야."

"뭘 아니야. 채이주 막 화내고 그러는데."

"아니야. 채이주 씨하고 사이좋아. 그런데 태은이 너, 채이주 씨 팬이야? 왜 그렇게 화를 내."

"이 사진보고 팬 됐지. 아련하면서도 강인해 보이는 게 내 스타일이야. 실제로도 예뻐?"

"응, 엄청 예쁘시더라."

"와 대박! 형, 나 사인 하나만 받아다 주면 안 돼?"

"나중에 여유 있을 때 부탁드려 볼게."

"진짜 사이좋나 보네! 대박! 우리 형이 채이주랑 같이 일하고 있었다니! 난 형이 크게 성공할 줄 알았어, 진짜!"

채이주하고 일하는 게 성공이라는 말에 피식 웃음이 나와 버렸다. 그때, 옆에 있던 태민이 휴대폰을 내밀며 물었다.

"얘가 채이주 맞아?"
"응. 맞아."
"얘가 채이주였구나. 아, 그렇구나. 몰랐네."

TV를 잘 안 보는 태민의 말에 태은이 발끈하면 나섰다.

"작은형은 어떻게 사람 이름도 모르냐."
"이 사람도 내 이름 모르는데 내가 알 필요가 있어?"
"참 말하는 거 하고는. 이렇게 아름다운 여신의 이름을 안다는 것만으로도 행복… 어?"

태민의 휴대폰을 보던 태은이 갑자기 인상을 구겼다. 그러고는 또다시 태진에게 화를 내듯 물었다.

"진짜 사이좋은 거 맞아?"
"맞다니까?"
"그럼 이거 뭐야! 지금 인스타에 올라온 사진인데 이게 사이가 좋아?"

태진은 의아한 표정으로 휴대폰 화면을 봤다. 그러자 화면에는 뭔가 애잔해 보이려 애쓰는 듯한 채이주가 보였고, 그 밑에

글이 적혀 있었다.

[잘하고 있는지 모르겠다. 혼자인 것만 같아.]

"응?"

"이거 봐! MfB에서 따시키는고만! 형 진짜 그럴 줄 몰랐다! 우리 형은 순수하고 착한 줄 알았는데 알고 보니까 악당이었어!"

태진은 순간 당황했다. 이걸 본인 의지로 올린 건지 아니면 곽이정의 지시가 따로 있었는지 구분이 되지 않았다. 하지만 분명 문제가 생길 일이었다. 그렇다고 채이주에게 전화를 걸어서 물어볼 수도 없었다. 매니저 팀이 아닌 건 둘째 치고, 연락처도 모르기 때문이다.

"형, 이딴 회사 그만둬! 더 물들기 전에!"

그때, 태진의 휴대폰이 울렸다. 화면을 보니 처음 보는 연락처였지만 회사 일일 수도 있다는 생각에 서둘러 전화를 받았다.

"네, 여보세요."

—10호… 아니, 태진 씨 전화죠?

"네, 맞는데요."

—아, 맞네요. 저 채이주예요.

"네? 채이주 씨?"

태진의 확인차 던진 말이 끝나기도 전에 양쪽 볼에 동생들의 볼이 맞닿아 버렸다.

『모방에서 창조까지 하는 에이전트』 3권에 계속…